遅刻坂にも春が来る

10代の人生論

阿部紘久

晶文社

挿画・装画　福々ちぇ
ブックデザイン　Malpu Design（清水良洋＋渡邉雄哉）
本文組版　田中康史

はじめに

十代後半には、乗り越えなければならない壁がいくつかあります。

弓倉裕志《ゆみくらひろし》にとっての第一の壁は、高校で課せられる、あるいは大学入試のための「勉強」でした。中学二年生の時に、友人の影響で急に優等生になった裕志は、高校入学を控えて、そのことに強い疑問を抱くようになります。そして高校時代の三年間は、徹底的に勉強を拒否して、教室では疎外感を味わい続けました。

しかし浪人時代に、病を得て予備校にも行けず孤独な日々を過ごすうちに、この問題に関しては徐々に雪解けが始まります。「学問は、そもそも遊びの一つに他ならない。面白いから勉強するのだ」と気づきます。「それなのに学校という所は、面白いものをことさらつまらなく教えることがある」という反撥《はんぱつ》はなかなか拭《ぬぐ》えませんでしたが。

第二の壁は、「父親」との葛藤《かっとう》でした。彼は小学生の頃から一貫して、父親という「不条理」に懸命に挑んで来ましたが、高校時代はその闘いの意味を何とか自分に説明しようと必死になっていました。

父親を震源地とする家庭内の問題は、彼を苦しめ続けました。お互いにイライラをぶつけ合うような心理が家庭内に蔓延《まんえん》し始めると、状況は錯綜《さくそう》し、第三者にはなかなか理解してもらえません。それだけに余計に苦しく、時に暴発してしまうリスクもあります。

しかし一方では、裕志はこの葛藤の故に、人間の心理の不可解さや、人間の弱さについて、日々考えていました。彼の思索的な性向は、家庭問題から生まれたとも言えます。

第三の壁は、誰も教えてくれなかった「性」の目覚めでした。体の底から盛り上がる思春期独特の衝動とどう向き合うのか。この問題にはいつの時代にも、本人はもとより、親も教師も悩まされていると思います。根本的には、解決の方法がないのです。性に目覚める頃と生殖年齢とがほぼ十年も隔たっているという、文明社会の大いなる矛盾があるからです。

とはいえ裕志の場合には、高校三年生の時に始まったAさんとの交際という心ときめく経験もありました。

裕志にとっての第四の壁は「病」でした。世の中には、病気で苦しんでいる多くの人がいる一方で、健康に全く不安を感じることなく人生を過ごしている人もいます。この点においては、大変に不公平です。

ただ長い人生の間には、誰でも何度か耐え難いほどの苦しみを乗り越えなければならない時期があります。さまざまに形を変えて人々の前に立ちふさがる困難の一つが、裕志の場合には病であったのだと思います。こういう逆境にはただがむしゃらに向かって行き、ひたすら耐え抜く以外にありません。その中でこそ見えてくる光彩もあります。

裕志は、これらの壁に立ち向かってもがく一方で、高校時代に二つの幸せな体験をすることができました。一年生の時の「演劇」への没頭と、二年生の時の「秘境への旅」です。そこで得られた「達成感」が、後々の人生に影響を与える意味を持っていました。

人は十代後半に、いくつもの壁を乗り越えようと格闘したり、達成感を味わったりするその繰り返しの中で、一生を支える価値観を見出していくのだと思います。

裕志自身、そのことに後年気づきましたが、

「あの不安と混迷の最中《さなか》にあった十代後半の時に、そのことの積極的な意味をもし知って

いたならば」

と、今にして思うのです。

この本のメインテーマは、先に述べたいくつかの壁を乗り越えるところにありますが、敢えて二つの幸せな体験から話を始めることにします。

読者の皆様の関心のありかによっては、「勉強拒否」「父親という壁」に始まる第II部をまず読み、その後に第I部に戻っていただいてもいいと思います。

舞台は昭和三十年代ですので、その時代に高校生活を過ごした読者は懐かしさを覚えるかもしれません。しかし、今の高校生、浪人生や、その親と先生たちにこそ、ぜひ読んでいただきたいと思います。時代背景は異なりますが、今と少しも変わらぬ思いや悩みを抱えた少年を、きっとそこに見出すことでしょう。

あるいはまた、自分自身と常に真剣に向き合おうとしていた当時の高校生の生き方が、新鮮に映るかもしれません。

著者

遅刻坂にも春が来る　目次

はじめに　3

第Ⅰ部　幸せな二つの原体験

第一章　十六歳の秋の出来事　13
第二章　十七歳の秘境への旅　33

第II部　壁を越えて

第三章　勉強拒否（十五歳～十七歳）　87
第四章　父親という壁（十五歳～十七歳）　111
第五章　思春期の思いと衝動（十五歳～十七歳）　130
第六章　十八歳　ガールフレンドと病と受験　160
第七章　十九歳　深い谷から見えたもの　198

エピローグ　その後のこと　247

おわりに　252

第I部
幸せな二つの原体験

(17)　昭和35年6月12日　日曜日　朝日新聞

旅

悲しい名勝、火柱の跡

風の名ごりの木々の影

三宅島

―アジサイの花―

雨の飛沫でちぎれたてんぐさをすくう島の女たち

カバンをショイカゴに入れ、カゴナ（かごなわ）を頭にかけて通学する小学生

おみやげ

さくらんぼ

◇山形駅◇

来週は人形峠

昭和35年（1960年）
6月12日の
『朝日新聞』から

第一章　十六歳の秋の出来事

夜中の二時、とっくに終電の終わった路面電車の鈍く光って延びているレールに沿って、裕志《ひろし》は歩いていた。S君と二人だった。東急玉川線（通称「玉電」）が走っている、渋谷から三軒茶屋に至る道である。

時たま通る自動車のヘッドライトに、サ――ッ、サ――ッと体を撫でられながら、二人は暗い静かな道を歩き続けていた。左！右！左！右！　足だけがたゆみなく交互に動く。昭和三十四年（一九五九年）十月十六日、都立日比谷高校一年一組の劇「湖の娘」（八木隆一郎作）が、「星陵祭《せいりょうさい》」で上演される日の朝のことだった。

その前の日は、上演の最後の準備に大わらわだった。夜が更けるとともに女子は帰して、演出、出演、大道具、小道具などの男子が役割に応じて翌日の準備に走り回った。外は真っ暗で、昭和四年に建てられた大きな講堂の舞台についている電灯だけが、明るくまぶしく辺りを照らしていた。

そこを中心にして照明器具のコードが四方に走り、星陵祭の間だけ舞台を広げるための材木がたくさん転がり、いたる所がゴタゴタと散らかっていた。その中を、高校生たちが走り回っている。ちょっとワクワクするような雰囲気だった。

十時ごろになってから、舞台の上に小さな宿屋の客室を作るために、教室の教壇を集めることにした。疲れた体を奮い起して教室を端から歩いたが、展示に教壇を使っている所が多くてなかなか集まらない。皆血眼《ちまなこ》になって学校中を駆け回った。それから、

「ひとまず、集まっただけを舞台の上に並べてみよう」

ということになり、講堂の入口に積み重ねられた教壇を、皆で「エッサエッサ」と声をかけ合いながら舞台の上に運んだ。教壇は汚れている上に、ひどく重かった。

その時ふと、

「まだ、夕飯を食べていない」

と気づいた。

「おソバを頼もう」

と裕志が提案したら、次々と注文が集まった。ラーメン、キツネ、カケ……などの数を口に出して確認しながら、勇んで電話口に走って行った。ところが、

「今日は、もうおしまいです」

とソバ屋にあっさり断られてしまった。

すごすごと講堂に戻ったら、皆もガックリ。それでも、疲れきった体に鞭打《むち》って、またのろりのろりと教壇運びを続けた。一方で、昼間から描き続けていた劇のポスターに、何人かが代わって筆を加えたが、最後は支離滅裂になって誰とはなしにやめてしまった。

教壇は、舞台の上で並べ方を決めた後、また一つ一つ講堂の隅に下ろした。そして朦朧《もうろう》とした頭で翌日の手順の打ち合わせを何とか済ませ、ようやく解散となった。

その時、S君とM君と裕志の三人だけが何故最後まで残ったのか、今となっては思い出せない。この三人で人気《ひとけ》のなくなった校門を出て、赤坂見附の駅に向かって急な坂を下り始めた。その坂は、毎朝ギリギリに登校する生徒たちを悩ますので、昭和の初めから「遅刻坂」と呼ばれている。そこでいよいよ腹がペコペコでどうしても我慢ができなくなった。

誰かが、

「赤坂の奥の方に、遅くまでやっているソバ屋があるのを思い出した」

と言うので、まだ開いていることを祈りつつ、フラフラと歩いて行った。やがて、暗い街の中にそこだけポッカリと電灯がついていた時の嬉しさ！　喜び勇んで店に飛び込み、やっと食べ物にありついた。三人とも夢中でかき込んだが、とても一杯では足りない。

そこでM君は気前よく、皆にカレーうどんを奢ってくれた。それがこの上なく美味しかった。しかし、食事にありつけた嬉しさのあまり、しばらく腰を落ち着けてしまったのが災いの元だった。

店の暖簾をくぐって外に出ると、裕志は公衆電話ボックスから、

「今から帰るよ」

と家に電話を入れた。そして、三人で赤坂見附の駅の方にスタスタと歩いて行った。ところが駅の入口に来ると、その辺りが何だか暗い。

よくよく見ると、ガッチリとよろい戸が下りている。それを見た途端、三人は顔を見合わせて笑ってしまった。考えてみれば当然のことだったのかもしれないが、誰も終電に乗り遅れることなど考えていなかったのだ。

それから、楽しい夜の旅が始まった。皆いたって落ち着いたもので、

「どうやって帰ろうか」

とのんびり相談した。当然タクシーで帰ることも考えた。でも、

「どうせこうなったからには、そんな簡単な方法で帰っちゃうのはつまらない」

ということで意見が一致した。結局、

「まだ国電（現在のＪＲ）はあるだろう」

ということになり、四ッ谷まで歩くことに決定。弁慶橋のたもとから、お堀沿いに都電の路面電車の線路に沿って、鼻歌混じりの行進が始まった。

ちょうど工事中で、周囲が掘り下げられたレールの上を、両手を広げ、バランスを取りながら歩いて行くと、線路は下へ、道路は上へと分かれる所に出た。線路を少し下った脇に線路番の小屋があって、そこに電灯がついている。

「傍を通ると気づかれるかもしれない」

と少し不安になったが、やはり線路の方が面白いということになって、小屋の前を抜き足差し足で通り過ぎた。

やっとそこを通過してホッとした途端に、今度は真っ暗なトンネルがあった。裕志は少し気味が悪くなって早く抜けようとしたら、M君が、大喜びで女の人の悲鳴の真似をした。それがトンネル内で不気味に反響するので、ますます早く抜けたくなった。ようやくそこを通り過ぎてしばらく行くと、さっき分かれた道路と線路がまた一緒になった。そして、四ッ谷駅が明るく見えてきた。

三人はギリギリ総武線の終電車に間に合って代々木に出た。M君はそのまま行き、S君と裕志は、乗り換えて渋谷まで出た。そこでまた相談した二人は、

「歩けるところまで歩こう」

とハチ公前からテクテク歩き始めたのだ。

深夜の街というのは、一種独特の雰囲気がある。道玄坂を登り、大橋の急坂を下り、コツコツコツ、コツコツコツコツ……。二人の靴音がピッタリと合ったり、少しずつずれたりしながら、一定のペースを乱すことなく歩き続けた。二人共、高校入学以来勉強ではあまり頑張ることがなくなってしまったが、影を潜めていた意地がこんなところで顔を出して、どこまでも歩き続けた。

そして、歩きながら考えた。

「三ヵ月半の間、連日のように練習してきた劇を、いよいよ皆の前で上演するのだ」

前期の中間試験が終わった七月初め、その惨憺《さんたん》たる成績にもめげることなく、十月の星陵祭の準備を始めた。四、五人の仲間と、開いたばかりの準備委員会に押しかけて、

「劇をやらせてほしい」

と頼み、脚本を選ぶためにいろいろな本を集めて何日も議論した。高校生の周りにまだ娯楽らしい娯楽がない時代だから、自分たちで演劇を企画して実行することに、興奮があったのだ。

最終的に決まった「湖の娘」は、戦後何年かして復員したら、妻が再婚していたという話だった。裕志は、

「戦後十四年も経っている。話が古過ぎる」

という理由で、この脚本に反対した一人だった。

さまざまな場所で練習をした。十一番、三十番、三十一番教室、講堂、柔道場、剣道場、屋上などに、所構わずゴザを運んでやった。

ある日の夕方裕志たちが練習していると、二、三人の仲間が冷やかしに来た。しかし、彼らは部屋に入った途端に表情をこわばらせて、真剣な目つきで立ちすくんだ。そして練習に一区切りがつくと、感嘆の声を上げながら拍手した。その頃には、仲間たちの演技が真に迫っ

ていたのだ。

裕志は家にいて机に向かっていても、しばしば急に畳の上に正座して、ある場面を演じ始めるようになった。劇を演ずることが、次第に生活の一部になっていたのだ。出演者は誰も、舞台の上で長い間正座を続けることを全く苦にしなくなった。そしていつの間にか劇の中の役の名前で、互いを呼び合うようになっていた。

生物研究会（生研）の前の屋上で練習した時は、生研の人たちが鍵穴から水をひっかけたり、からかったりしたので、最後にはとうとう戸を釘付けにして、三、四人を閉じ込めてしまったこともあった。その時の生研の人たちとはそれから仲良くなって、会うと、

「よう、こんちは」

と挨拶するようになっている。

裕志の台本の表紙はとっくに行方不明になり、最初のページには誰かが運動靴で踏みつけた跡がクッキリ残っている。

コツコツ、コツコツ……。店のショーウィンドーの前を通る時、その中に二人の暗い影がサッと走る。どの家も、固く扉を閉じている。

夏休みの練習の時は、

「一分遅刻したら、一円の罰金」

と決めて、それで最後のコンパをやろうと約束した。時々ある女子が、練習中にアイスクリームを差し入れて、喜ばせてくれた。彼女は実は、出演者の一人に思いを寄せていたのだ。

講堂の階段状の席の一番上に座って、出演者がセリフを発する度に、

「声が小さい！」

なんて怒鳴り合ったり、練習をサボる人がいると、二人の会話を一人でやったりしたこともあった。練習を終えて暗くなった「遅刻坂」を共に下る時には、それまで経験したことのない充実感を覚えるようになった。


深夜の道を歩きながら、そんなことを思い出していた。夜が明けたら、いよいよ練習の成果を一発勝負で発揮しなければならないのだ。

玉電（東急玉川線）の駅を三つほど過ぎた時、右を歩いていたS君が急に何かに躓《つまず》いて、バッタリと倒れた。でも別に怪我はなく、またすぐに歩き始めた。そして、ついに五つ目の三軒茶屋まで来た。

そこで急に気が変わり、翌日のことも考えて後はタクシーにしようと決めた。そこにちょ

うど走って来た一台をつかまえて、残りの玉電五駅くらいを飛ばして、あっという間に裕志の家に行き着いた。時すでに二時半。母親が、目をこすりこすり起きて来た。

「まあ、ひとまず上がれよ」

と言って、靴を脱がせたS君の足を見たら、親指が靴下からにょっきり顔を出していた。彼に、

「泊まって行けよ」

としきりに勧めたが、彼はとうとう「うん」とは言わず、三時ごろに出て行った。

外が明るくなると、

「劇は今日だ！」

と思った。学校で午前中保健室に行って、前夜の睡眠不足を補おうと横になったが、軽い興奮で眠れず、少しウトウトとしただけだった。

本番の時が来た。メーキャップをすると、自分が自分でなくなったようだった。お互いに傍で見るとほとんど滑稽なそんな顔を見せ合って笑った。そんな風にして楽屋を行ったり来たりしている間に、幕が開いた。

最初の五分は、どこかぎこちなかった。主人公の木田良正（N君）が本に読みふけってい

て、ヒロインのハルコ（Fさん）から呼びかけられても気づかず、三度目にようやく、

「おう、僕かい？」

と答えるはずの冒頭の場面で、なんと良正は、ハルコの最初の呼びかけに、「うっ？」と答えてしまったのだ。練習の時には一度も間違えたことがなかったのに。

そんな滑り出しにどうなることかと心配したが、そのうちに皆落ち着きを取り戻して、演技に余裕が出て来た。裕志は舞台裏で聞いていて、一つ一つのセリフに、

「うまいぞ！」

と思わず声援を送った。


劇がどんどん進行し、裕志の出番が近づいて来た。姉役のOさんはハンドバックを抱え、裕志はボストンバックを持ち、二人は大道具係が作った背景の裏側に廻った。良正の、

「そりゃいいな。聞かせてもらおう」

というセリフに畳みかけるように、裕志が、

「今晩は、今晩は」

と激しく戸を叩く。そこから出番が始まるのだ。

実際は、I君がどこかの教室のドアを一枚外して来て、裕志が合図したら代わりに叩いて

くれることになっている。良正のあのセリフが近づく。ちょっと上がりそうになったが、それをぐっとこらえた。

そして、いよいよ合図を送ると、I君が懸命に戸を叩いてくれた。その音と裕志の声が別の場所から聞こえたので、ざわざわと笑い声が起きたけれど、そんなのは平気だ。

舞台に出た。ライトがすごくまぶしくて、観客はほとんど見えない。しかし、それまでの出演者によってその場の雰囲気が完璧にでき上がっていたので、裕志とOさんはただその中に入り込みさえすればよかった。気持ちいいほどスムーズに劇が運ぶ。

「これも、練習のおかげ」

と、心の底で考えた。

やっているうちに驚いた。前の日までなかったいろいろな小道具が並んでいる。散々探して見つからなかった囲炉裏《いろり》の自在鉤《じざいかぎ》も、ちゃんと上からぶら下がっている。密かに小道具係に感謝した。

裕志のセリフ、

「（姉の加津子が）いきなりハタキの房で僕の頭をなぐったんです。少々精神の平衡を失っていたんだと思うんです」

で、だいぶ笑い声が起きた。でも、それでかえって裕志は落ち着いた。深刻な場面だったから、笑っている観客の方をグッと睨みつけてやった。

やっと裕志の出番が済んで上手へ引っ込んだ時、「あ――っ」と、三ヵ月半分のため息が出た。そしてすぐに、メーキャップをしたまま客席の後ろの方に忍び込んだ。そこから見た舞台は、予想を超えた素晴らしいものだった。暗い講堂の中で明るく照らし出された舞台の雰囲気は、驚くほど劇の内容にマッチしていた。大道具係は、上演間際まで「駄目だ」と言っていたけれど、田舎の小さな宿の雰囲気がよく出ていた。音楽も良かった。観客は明らかに引き込まれていた。

最後のクライマックス。ハルコの、

「木田さんはもう行ってしまうの？」

という淡々としたセリフに重ねて、効果係が静かな音楽を流し始めた。最初、ちょっと音が大きすぎてヒヤッとしたが、すぐに正常に戻って、それがまた雰囲気を盛り上げて行く。キューンと胸に迫る。裕志の周りには、ハンカチを目に当てる人も出て来た。

ハルコ「木田さん。早く、早く。木田さ――ん」

良正は、心の苦しさをふり切るように飛び出して行く。

という最後の場面は、練習の時一度もちゃんとやったことがなかったが、それをN君が実にうまくやってのけた。

幕の裏側に控えていた二人の係が、左右から走ってサ――ッと幕を閉めた途端に、講堂中に割れんばかりの拍手の嵐が起きた。裕志は両手を上げて頭の上で拍手しながら、講堂の客席の階段を跳び下りていた。そして舞台の上手から下手に、早くも忙しく後片付けを始めた人たちの間を縫って、楽屋に駆け込んだ。

そこで主演のN君や助演のK君、E君、大道具のT君、その他そこにいた人たちと、握手したり肩を叩き合ったりした。その時の気持ちは、予期していないものだった。終わったらただホッとするだけだと思っていたのに、全身に歓喜が湧き上がって来た。

主演のハルコは、声を上げて泣いていた。両手の肘から先を上げて左右に開き、まるで幼稚園のお遊戯のような格好をして、メーキャップを落としてもらいながらワーワーと泣いていた。それを微笑ましいものを見るような顔をして眺めていたが、何か胸にジーンと来るものがあった。

あっちこっちで、裕志たちの劇を誉める声が聞こえる。演劇研究会の人たちが興奮した声で、

「皆、演研に来ないか」

と誘いに来た。楽屋から柔道場に引き揚げて写真を撮り合っているうちに、練習の時にいろいろ差し入れてくれたり、何かと世話を焼いてくれていたHさんが急に泣き出した。三年生の星陵祭準備委員のKさんまでが、ハルコの熱演振りを一年一組の担任のT先生に話しながら、下を向いて顔をゆがめた。

それを見て、裕志の目にも涙がス――ッと浮かんで来た。練習や準備のさまざまな場面と、思いがけない成功のことを考え合わせると、こみ上げて来る思いが胸に入り切れなくなって、目から溢れ出て来た。口をついて出て来たのは、

「あ――っ、気持ちいい。あ――っ、気持ちいい」

という言葉だった。

＊　＊　＊

時は過ぎ去る。裕志たちがこの劇を演じてから、半世紀が過ぎた。

ここに登場した人物の中で三人が既に物故している。裕志の代わりにドアを激しく叩いてくれたI君は、二度目のフィリピン勤務中に胃ガンを発症して亡くなった。

裕志の姉の役を演じたOさんは、長い間リウマチと闘っていたが、高校時代の友人たちが知らないうちに亡くなっていた。

E君も、胃ガンの治療中にニューヨークの病院で突然体調を崩して人生の幕を閉じた。頭脳明晰で、百名山登頂にも挑んでいる男だった。

生ある者は、それぞれの人生劇を演じて六十代半ばになった。その間にたまたま主役を割り当てられた者、助演、脇役、裏方に廻った者などさまざまだが、人生の価値は、そんなことでは左右されない。個々の演技の巧拙はあっても、人生を成功とか不成功という言葉で総括することはできない。

それに、劇はいまだに進行中である。人生は常に、この先どうなるか分からないという未知数を残している。不幸にして早世しても、だからと言ってその人生に答えが出た訳ではない。ただ、ドラマが途中で断ち切られただけだ。人生に答えはない。

ただ、高校一年生の秋にあの劇を演じ終えた時、誰もが、自分の身一つには収まりきれない程の感激を味わったのは紛れもない事実だった。結果は考えずにひたすら努力を積み重ねて行き、ある日それが実った時の「達成感」は、人生に関するいかなる疑問をも吹き飛ばすものだった。この時裕志の体の奥深くに、

「努力し続けていると、何かいいことがある」

という思いが植え付けられた。さらには、努力すること自身を楽しむという心境も芽生えた。

人の和の喜びも味わった。Oさんなどはその喜びを強調し、十年以上経てから裕志の職場を訪ねて来て、

「もう一度、皆で劇をやろう」

と熱心に説いたほどだった。若き日の劇が、仲間たちの思いがけない原体験になったのである。

高校二年生になると、「湖の娘」で演出を担当したY君を行政委員長（生徒会長にあたる）に担ぎ出して、劇に関わった多くの仲間が行政委員会のメンバーとなり一年間活動した。さらに夏休みには、Y君、主演のN君や裕志を含む五人が、まだ訪れる人のほとんどなかった三宅島への旅を試みることになる。

しかし、一つほろ苦い記憶が、裕志には抱き合わせで残っている。

「これほど成功した劇は、今までなかった」

などと言われ、しばらく成功体験に酔いしれていたが、そんな時、後に僧侶になったR君がホームルームで発言した。

「劇に出たのは一部の人だ。出なかった人も多い。地味な裏方に回った人もいる。脚光を浴びた一部の人だけが、興奮し過ぎている」

R君はそのことを全く覚えていないと言う。

第二章　十七歳の秘境への旅

それは、一つの新聞記事との出会いから始まった。

昭和三十五年（一九六〇年）六月十二日付の『朝日新聞』の「三宅島」という記事（一一頁）である。全七段（当時の新聞では一ページの十分の七）を占める大きな記事で、その中央には、五人の女たちが雨の荒海でちぎれたテングサ（ところてんや寒天の原料となる海草）をすくう力強い写真が載っていた。

「島に向かう船の客は十四人で、記者とカメラマン以外は皆島へ帰る人だった」

「海抜八百メートルばかりの雄山《おやま》の周囲に、大小百の噴火口が散らばっている」

「島のいたる所に、野生のガクアジサイが咲いている」

と記事には書かれていた。

伊豆七島は海底火山の上部が海面上に出ているものだから、荒々しい海岸から一歩入るともう山である。海の魅力と山の魅力の両方に恵まれながら、訪ねる人がほとんどいないというその記事を読んで、裕志《ひろし》は強く心を動かされた。

実は前年秋に劇を演じた仲間五人で、高校二年の夏にどこかに旅行しようという話が前々からあって、行き先を検討していた。裕志はこの新聞記事を読んで、「ぜひ三宅島に」と他の四人に熱心に提案し、それぞれの親の許しも得た。

戦後十五年を経ていたが、三宅島に関するガイドブックはまだ一冊も売られていなかった。そこで五人で都庁の伊豆七島を担当する部署を訪ね、小さなパンフレットを一枚もらった。五万分の一の地図も手に入れたが、島の様子はほとんど分からなかった。

東京から原則として週に一回、小さな貨客船が通っていることは分かったが、島に渡ったら毎日何が起きるのかを予想するのは困難だった。高校二年生の少年五人にとっては、未知の世界に分け入る勇気と行動力、判断力を試される旅だった。

結果として裕志はこの旅で、無垢《むく》の自然と人情に包まれる無上の喜びを知った。それは、彼の人生観や価値観に大きな影響を与える経験となった。

後に述べるように、裕志は自らの勉強拒否症や父親との葛藤に苦しみ、高校三年からは病を得ることになるが、その間にも三宅島で見た地上のパラダイスが、心の支えになり続けた。ようやく体調が戻った大学二年の時から、大学時代は三度島に通い、勤めてからも、友人や家族と三宅島を訪ねては自分の原点を再確認し、元気を取り戻していた。

高校二年の八月初めに島から東京に帰った時、この旅が自分の人生を左右するものになると予感した裕志は、夏休みの残りのほとんどを費やして旅の記録をまとめた。

＊＊＊

島へ（初日）

「三宅島探検隊」出発の日になった。二二〇トンの貨客船「藤丸」が、昭和三十五年（一九六〇年）七月二十八日午後五時二分に、東京竹芝桟橋を離れた。「蛍の光」が流れる中を、別れの紙テープをなびかせながら少しずつ速度を上げる。

劇で主役を演じたN君のお母さんが港まで見送りに来て、裕志に、

「この子は本当にどっか抜けているんですから、よろしく頼みますよ」と何度も言った。しかし、五人の中で、彼が一番しっかりしているように見えた。

空は薄い灰色だ。傾いた夕日が、西の水平線から船の所まで縦に赤い帯になって揺れている。水はまだ黒い。海はいたって静かだ。でもこんなに小さい船だから、東京湾を出たら揺れるだろう。三宅島までは十二時間の航海である。

三等船室が二つあるが、片方は半分くらいのスペースにセメントが積まれ、幕で仕切られている。裕志たちの入った船室は定員が二十二人で、最初に乗り込んだ時は我勝ちに場所を取り合うことになってしまった。

船室の中ですぐに三宅島に帰る同じ高校二年生と知り合った。裕志のノートに几帳面な字で、「佐久間召一郎」という名前と都内の住所を書いてくれた。三宅島の阿古《あこ》出身である。早速地図を拡げて、島の様子を聞いた。阿古の彼の家を訪ねる約束もできた。

偶然だが、佐久間君の下宿先は裕志の家から歩いて行ける距離にあった。そんなこともあって、この日の出会いは以後半世紀にも及ぶ交友の出発点となった。

六時ごろから、甲板に出て夕食を食べた。ヤカンに入れた熱いお茶をくれる島の人もいた。全部で四十人ほどが乗っているが、観光客と思われるのは、女子大生らしい三人だけだった。船の後方に、煙がたなびいて行く。その少し左に、二年前にできた東京タワーが小さく見えている。潮風が涼しい。甲板で仰向けになると、青みを帯びた空に薄く雲がかかっている。羽田空港の東で、大島帰りの「椿丸」（一〇四〇トン）とすれ違った。やがて太陽が、最後の光を放って雲間に消えた。

水は少しずつ青さを増しているが、依然として茶色や緑も混ざったような色だ。風が出て来て、船が前後にうねり始めた。「ボーッ」と、汽笛が鳴った。「淡路丸」（一一一七トン）が通り過ぎる。東京湾の出口に近づいて波が少し高くなった。薄っすらと房総半島が見える。七時を過ぎたら、甲板は暗くなって文字が書けなくなった。

夜九時。船室内はもう寝静まっている。数えたら二十五人だ。その中に小さい子供が三人いる。エンジンの音が絶え間なく響いている。まだ揺れは大したことはない。女子大生のお姉さんたちの隣に寝たので、少しワクワクした。

やがて東京湾から外海に出ると、船は大きく複雑に揺れ始めた。左右、前後、上下、斜めの揺れが、いろいろに組合わさる。船が上へ上がり切った時は体がフワリと浮く感じがする。

下へ沈んだ時は床に押し付けられる。それでも横になっていれば酔いにくいそうで、親たちは子供がちょっと起き上がると、

「寝なさい、寝なさい」

と口やかましく言う。

幸い島に着くまでにひどく酔った人はいなかったようだが、一晩中眠りは浅かった。

大路池の夜の試練（二日目）

七月二十九日の朝の四時半ごろ、船の右手前方に、三宅島の姿が影絵のように見えてきた。やがて黒い雲が横に幾筋かたなびく間から、真っ赤に輝く太陽が出て来た。

着く港は、その日の風の具合で決まるが、朝五時ごろ、五人の願い通りに、島の東南の坪《つぼ》田《た》港に着いた。坪田には、人づてに教えてもらった旅館「美《み》晴《はる》館《かん》」がある。間近に見ると、期待にたがわず面白そうな島で胸が高鳴った。

「ポンポン蒸気」と呼ばれる艀《はしけ》がやって来て、船の横にピタリと着けた。艀は上下に大きく揺れていたが、おじさんがこげ茶色の腕でしっかり手を取って乗り移らせてくれた。女子大生の白い手と、おじさんの黒い手が対照的だった。艀は二度岸に通って、五時半に上陸を

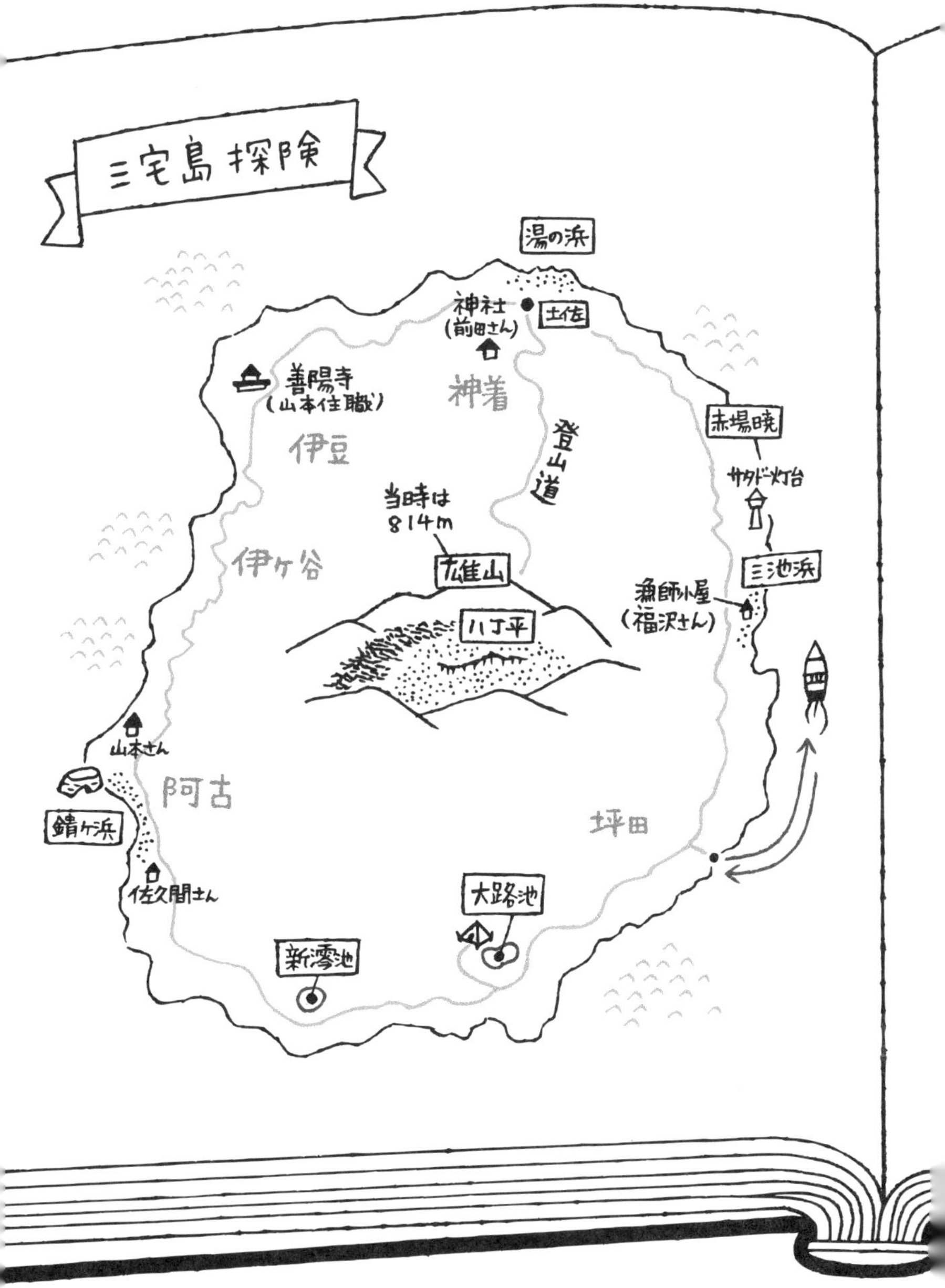
三宅島探険
湯の浜
神社
（前田さん）
土佐
善陽寺
（山本住職）
神着
伊豆
登山道
赤場暁
サタドー灯台
当時は
814m
雄山
伊ケ谷
三池浜
漁師小屋
（福沢さん）
八丁平
山本さん
阿古
錆ケ浜
坪田
佐久間さん
大路池
新澪池

完了した。

胸に勲章をたくさんぶら下げた人が、船で着いた小さな女の子の手を引いて立っている。そこで、ハッと気づいた。テントを船内に置き忘れて来てしまったのだ。慌てて浜にいた人に頼んだところ、マイクで船に向かって、

「緑色のテントを忘れました。持って来て下さい」

と呼びかけてくれた。貨物を運搬するために船に行っていた艀が次に桟橋に戻って来た時に、ちゃんとテントが乗っていた。

「大事な物を、忘れちゃ駄目だね」

と、艀の人に笑われた。

それから若い巡査に、美晴館への道を教えてもらった。ついでに船内で書いた葉書の出し場所を聞いたところ、

「帰りに出してあげよう」

と言うのでお願いした。そのお巡りさんと、土の坂道を登る。道の両側には、はっきりとした地層が描かれている。見下ろす海が美しい。東京からはるばるやって来た小さな「藤丸」が浮かんでいる。

港近くの美晴館を訪ね、スイカを食べながら島の説明を聞いた。部屋から海と山がくっきりと見えている。日差しがとても強い。空の半分くらいを白い雲が占めているが、その間からきれいな青空が見える。蝶やトンボが飛んでいる。

「気持ちいい！　海は見えるし、山もあるし。こういう所にずっといたい！」

と口々に叫んだ。

やがて若い娘さんが朝食を運んで来てくれたが、ご飯を盛るお茶碗がなかった。宿のおばさんにもらいに行くと、

「すみません。すぐに持って参ります。こんな失敗は初めてです」

と恐縮していた。娘さんは臨時に手伝いに来ていたようで、初々しくて良かった。普段は小さな船が五日か七日に一度着くだけだから、旅館も暇なはずだ。お客は主に釣り人である。

九時四十五分に美晴館を出て、島を一周する「都道」を西へ歩いた。砂と砂利の道の上に、牛糞《ぎゅうふん》が点々と落ちている。五人とも重たい荷物を担いで黙々と歩く。一週間分の食糧、衣料、炊事道具、寝具、薬、その他あらゆる備えをして来たから、大きなリュックがずっしりと重い。おまけに、木綿でできた重いテントもある。それは、交代で二人で運ぶ。

風は意外に涼しい。三宅島を代表する花ガクアジサイの盛りはもう終わっていたが、それ

でもまだ青と白が交じり合った美しい花が至る所にあった。
三十分ほど歩いたら、大路池《たいろいけ》に着いた。その付近は、奇妙な形をしたスダジイ（椎の一種）の老木の林だった。濃い緑の森に囲まれた池の水面は、薄緑色だ。池のふちから十メートルほどの草原の上に早速テントを張ったが、慣れないのでいささか手間取った。昼食は、カンパン、チーズ、紅茶などで済ませた。それから三時くらいまで昼寝をした。

船旅の疲れも取れたので、大路池で泳いでみた。泳ぎの得意なN君とY君は、食事の水を汲むために、水筒を肩にかけて池の真ん中まで何度も往復した。

裕志はK君と二人で坪田まで戻って買物をした。百五十九円でスイカを買ったが、その店のおばさんは、

「今、主人は東京に行って、この子（女子高校生）と二人だけですから」

と言って、奥の方からインゲンと白菜を出して来て包んでくれた。きれいな水も水筒一杯くれた。一時間かかって大路池のほとりに帰ると、もうご飯が美味しく焚けていた。最初にしては上等な夕食だった。

五人に畳二畳弱のテントではいかにも狭いので、荷物は外に出してビニールをかけておい

た。テントの中は、ひどく暑い。防水されほとんど密閉された狭い空間に五人が詰め込まれているのだから、無理もない。ローソクを立ててトランプを一、二回したが、すぐに眠くなって横になった。

そのまま暑いながらも一晩安心して眠れると思ったが、その頃から生憎《あいにく》ポツリ、ポツリと雨が降り始めた。次第にテントを叩く雨の音が強くなっていく。それでも裕志は寝入ってしまった。ふと目が覚めたら、皆が起きていたからてっきり明け方近くだと思った。ところが時間を聞いたらまだ十二時だった。明るくなるまで少なくとも五時間はある。雨は相変わらず降っている。上からは漏っていなかったが、グランド・シートの上に敷いた毛布には、周りから水が沁み込んでビショビショだった。

次に目を覚ました時には、テントも雨漏りし始めていたし、グランド・シートも足で踏むと、ジューッ、ジューッ、グシャッ、グシャッと水が出て来る。その上の毛布も、たっぷりと水を含んでいた。多くの荷物がぐしょ濡れだった。

ここに至って、四人はついに近くにあった無人の小さな小屋に避難することを決めた。裕志は好奇心も手伝ってひとりでテントに残り、ビニールのレインコートにくるまって夜を明かした。下着だけでも替えようと、枕にしていた衣類の風呂敷包みを解いたら、中の衣類も皆濡れていたので諦めた。

一寸先も見えない暗闇の中で、激しい雨の音を聞きながらひたすら朝を待った。

阿古での出会い（三日目）

朝六時ごろ外に出てみると、ようやく雨はやんでいた。何とか火を着けることに成功し、熱いお茶をすすりながら、フランスパン、チーズ、ウィンナ・ソーセージと、前日池につけておいたスイカを食べた。池の水だから、大して冷えてはいなかった。

八時半に、濡れた重い荷物を背負い、島の南西の阿古部落に向かって出発した。船で知り合った佐久間君の家を訪ねるつもりである。その頃からまた雨が降り始めた。もう濡れついでなので皆一向に気にしない。ザーザーと降る雨の中を歩くのは、かえって爽快だった。時々日が出たり、雨が降ったりする中を、五人は調子よく歩き続けた。

美しい海が、左下に何度も現れては隠れる。海がグッと近づいた時、道端の炭俵の上に腰かけて休んだ。そこから左の藪の中にちょっと入ると、遥か下の海まで絶壁が落ち込んでいた。海面には黒い岩がいくつか出ていて、そこに白い波が寄せている。休んだ場所の傍には、「○○丸乗組員云々」と書いた、海難事故を悼む卒塔婆《そとば》のようなものが立っていた。

水を含んだ荷物を一度下ろすと再び背負うのが大変だったが、助け合って何とか立ち上がり、出発した。
そこからは、新澪《しんみょう》池という美しい池が右に見えるはずだと、地図と睨めっこしながら歩いたのだが、なかなか見つからない。人家が一軒あったので「新澪は？」と尋ねたら、二人のおばさんが競って指差しながら、大分前に通り過ぎてしまったと教えてくれた。

この池は、都道から山側に十メートルほど入ると、眼下に見下ろすことができた。森の中に、周囲を絶壁に囲まれて、その中にストンと落ち込んだような水面が見えた。しかし、当時は標識がなかったので入口を見落としがちだった

裕志は後年何度か新澪池を見たが、一九八三年の噴火の際に、地下の高熱で池の水が蒸発してしまい、ついで水蒸気爆発が起きて、池は岩で埋まってしまった。

新澪池の場所を聞いた家の中から、何人かの子供が好奇の目でじっとこちらを見ていた。島の大人の親切さ、人の良さ、明るさとは対照的に、島の子供たちはいつも裕志たちを、「変な奴――っ」というような目でじっと見る。

雨はほぼやんで、日が照り始めた。道ばたに、

「お願い　他人の畑のスイカやウリを取らないように致しましょう」

という札が立っていた。なるほど傍に、大きなスイカがなっている。

サツマイモ畑の前で、向こうから来たおばさんに、

「阿古の錆ケ浜《さびがはま》はどこですか」

と尋ねた。そのおばさんと話しているところに、後ろからちょうど空のトラックが来て停まった。おばさんが運転手さんに、

「〇〇ちゃん、サビだってさ」

と言うと、気安く裕志たちを乗せてくれた。空はすっかり晴れ上がった。トラックの運転席の屋根に横一列になってつかまって、五分くらい飛ばしたら錆ケ浜に着いた。（今はこのような乗り方は禁じられている）

都道のすぐ脇が、黒い大粒の砂利の浜だった。砂はほとんどない。紫の花がたくさん咲いている。浜を歩いて行くと、日がカンカン照りになり、たちまち砂利が熱くなってきた。十一時ごろだった。裕志たちは根拠地を決めて、昨夜濡らした毛布や、衣類や、ありとあらゆるものを陳列して干した。

水泳パンツに着替えて、海に入った。波が荒く、すぐに深くなる。波が引く時に、たくさんの砂利を「ゴ――ッ」という大きな音と共にさらって行く。砂利が足に当たって痛い。い

かにも荒海という感じの、勇ましい音だ。砂がないから、波打ち際まで少しも濁っていない。水はもちろんとてもきれいだ。純白の泡は、まるでビールのようだった。

飴をしゃぶったり、水筒の麦茶を飲んだりしながら、浜で遊ぶこと約一時間、それだけで肩や腿などが赤く日焼けしてしまった。


正午ごろ、岩がえぐれた洞窟のような所に入って昼食を食べた。カンパン、肉や魚の缶詰め、麦茶などだった。そこは相当に広く、日陰になっているので、昼食後は昼寝をした。床の小石を平にして、その上にグランド・シートを敷くと、なかなかの寝心地だった。

二時に起きた。その頃には、

「今晩はここで寝よう」

と皆の意見がまとまっていた。午後からは、岩に囲まれて波がほとんど来ない所で泳いだ。島の子供も泳いでいた。水中眼鏡で覗くと、青い水の中に白と黒のスズメダイや、赤と緑のニシキベラなど、さまざまな魚が泳いでいる。皆、夢中になって泳ぎまわった。

ひとしきりそこで過ごした後、浜に沿って歩いて行くと、真っ黒な溶岩の上に出た。白いフンドシの島の人が、長い釣竿を持ち、三十センチから五十センチくらいの赤い魚を二、三匹ぶら下げているのに会った。

短い坂道を登り切ると、小屋があった。中には、テングサらしきものがいっぱい入っている。そこを通り過ぎると、広々とした平地に出た。テングサ干し場だ。石炭ガラを細かく砕いたような黒い小石の上に、白い貝のカケラなどが一面に散らばっている。周りには、人間の背の高さくらいの松が生えている。下草も美しい。

その下は、すぐ青い海だ。高さ十五メートル以上はあろうかという黒い絶壁に波がぶつかってその音が轟き、高く水しぶきが上がる。海草の強い匂いが立ち込めている。


小屋の前で仕事をしていたおばさんが、大声で、

「土地の人と来なすったんですか」

と聞いた。違いますと答えると、

「先の方へ行ってごらんなさい。自然の陸橋がありますよ」

と言う。裸足で歩いていたN君はそこで草履をもらい、アドバイスに従って歩いて行くと、松も下草もなくなって、黒い溶岩だけがゴツゴツと広がる中を、細い道が続いていた。なるほど目の下にアーチ状の岩が波に洗われている。以前は二つのアーチがあったので、「めがね岩」と呼ばれている場所だった。

岸壁が小さな湾になっている所に出た。入口が狭く、奥が広がっている。沖から押し寄せて来た波が「ダダーン」と地を揺るがすようにして五人が立っている岩にぶつかり、反射して湾の内側のもう一つの岸壁にも激突していた。波が大きい時は、しぶきが目の高さまで吹き上げ、飛び交う。壮快だ。

「もっと大きな波が来ないか、もっと大きいのが来ないか」

としばらく皆で見つめていた。

帰りにまたテングサ小屋の前を通ると、先ほどのおばさんとご主人がいて、話が弾んだ。奥からトマトを持って来て、「食べて下さい」と言う。そのうちに、

「今夜、うちに泊まりに来たらどうですか。『学校の上の山本』と言えば、すぐ分かりますよ」

と勧めてくれた。

そこで、昼寝をした洞窟で一晩を明かす案はすぐに変更して、会ったばかりの山本さんのお宅にお世話になることにした。

洞窟に一旦戻って、着替えたり荷物を整理したりしていると、船の中で知り合った佐久間

召一郎君が友達と沖から上がって来た。その浜で泳いでいたのは、裕志たちと佐久間君たちだけだったから、再会はあっけないほど簡単だった。彼は、

「学校の上の山本さんなら分かる。後で、家の牛から搾った牛乳を、山本さんの家に届ける。早く帰らないと、飼っている豚に牛乳をやっちゃうから」

と言って先に戻って行った。裕志たちはリュックを担いで、先ほどのテングサ小屋に行った。山本夫妻は、たくさんのテングサを長方形にきれいに敷きつめて干していた。それが終わると、リヤカーに筵《むしろ》を敷き、五つのリュックを載せて出発した。

夫妻は、阿古の部落の中で出会う人みんなに挨拶し、二、三の言葉を交わす。これが島の人の常である。この日は大漁だったそうで、部落の人の顔も明るい。深い緑に包まれた畑や家の間を十分ほど通り抜けて、山本さんの家に着いた。もう大分暗くなっていた。戸を開けて荷物を廊下にずらりと並べた後、雑巾で足を拭いて上がり、荷物の整理にかかった。

夕飯は、東京から持参したお米だけを出して、後はすべてやっていただくことにした。言われるままに、五人は横になって休んだ。山本夫妻は、

「どうぞ、どうぞ、遠慮しないで下さいよ」

と言いながら、細々と面倒を見てくれた。

炉のある部屋に、暗い電灯が一つだけ低く下げてあるから、歩きまわると影が部屋の周りを動きまわる。電灯から離れた所は暗いが、何をするわけでもないから構わない。

それから、ランプの薄明かりの中で、五右衛門風呂に入った。大鍋のような丸い鉄製の風呂桶に、板がぽっかり浮いている。その上に足を乗せ底に沈めて入る。日に焼けたので、お湯を浴びると染みる。思わず目をつぶり、歯を食いしばる。石鹸で体の塩を落とし、気持ちよく風呂から上がった。

そこに佐久間君が、搾ったばかりの牛乳をたっぷり届けてくれた。

炉のある部屋に机を並べて、食事が始まった。五人ともモリモリ食べる。この日はカツオが取れたそうで、そのお刺身やカツオ入り味噌汁もあった。大きくて美味しいトコブシ（アワビに似た貝。長さ七センチ、幅五センチ、厚さ二センチほど）もあった。畑から取って来たばかりのトマトは、大皿二枚をペロリと平らげた。ご飯の後は、佐久間君の牛乳を沸かしてもらって飲んだ。

山本森重さんは、物知りだった。ニコニコ笑いながら、渋みのある柔らかい声で、さまざまな話をしてくれる。おじさんが上向きに体をねじって寝転んで話せば、メモを取る裕志は腹ばいだった。

数々の流人《るにん》の話、八丈島、御蔵島、沖縄の伊平屋島《いへやじま》の地下水脈の話、琉球という地名は「竜宮」から来たという説、沖縄の南にある八重山列島の話など、話題が豊富だった。

アジサイ、カンナ、水仙、山桜、山イチゴ、椎の木などの島の植物や、動物の話も出た。

おばさんが、

「五月ごろの山イチゴは、いっぱいの青葉の中に、見事だってそれはもう一面にね。東京の方にぜひお見せしたい。農繁期で取りに行けないので、みんな山で腐らせてしまうのが惜しいです」

と言えば、おじさんが引き取って、

「山桜になる黒いサクランボは、すぐに一斗（一升の十倍。十八リットル）くらい取れます」

「大路池の傍の椎の老木からも、椎の実が一日に一斗くらい取れます。花もいい匂いですよ」

「コジュケイ、ヤマシギ、キジバト、クロバトは沢山いますが、キジは取り尽してしまいました」

「島にはウナギが沢山いますが、土地の人は淡水魚はあまり食べません」

「島の生業は、農牧業が七、漁業が三です」

「いい井戸があるので、飲料用として全島に配水できますが、洗濯、風呂、防火などのためにどの家にも天水《てんすい》（雨水）貯めがあります」

「昔は、ほとんど茅《かや》ぶき屋根でした。瓦屋根は便利ですが、シケの時に飛ばされてしまうので、最近はトタン屋根が増えました」

などと、次から次へと十一時まで話してくれた。この夜は、立派な屋根の下で眠らせていただいたが、蚊取り線香を焚《た》いても、何度か蚊に刺された。

伊ケ谷から伊豆の善陽寺へ（四日目）

三十一日は六時に起きて、大きなバケツに水を汲み、風呂場に運んで顔を洗った。

山本さんのおばさんが、

「浜の方へ行ってごらんなさい」

と言って、途中まで一緒に歩いて道を教えてくれた。坂を下って行くと、阿古小学校と阿古中学校があった。校庭は共通だ。これで、「学校の上の山本さん」の意味が分かった。

草原の中の細い道を抜けると、すぐに海岸があった。途中で出会った籠を背負った人に、

「ここから浜へ行けますか」

と念のために聞いた。あまり人に会わないので、たまに会うと道を聞く癖がついた。もちろん念のため聞くのだが、島の人が裕志たちに会うと珍しそうにじっと見るので、挨拶代わ

りの時もある。

朝の海は、曇っていて薄い灰色だった。岩の上を歩くと、たくさんのフナムシがサーッと四方に逃げる。これは、島の海岸ではどこでも見かける光景である。岩は風化されて、さまざまな模様がついている。長さ一センチほどの楕円形の穴が、表面にびっしり並んでいる岩がある。ミニチュアの飯盒《はんごう》の底で型押ししたようなかなり深い穴だ。

山本さんの家に戻ったら、朝食の準備が整っていた。何でも美味しい。腹一杯食べた。最後はまた牛乳だった。続いて、昼の握り飯を作った。ご飯の中にふりかけを入れて混ぜて握り、海苔を巻いたり、梅干を入れたりした。その間に、昨夜のおじさんの話で不確かな点を確かめた。おばさんも、お結びを握りながら、島の植物の話をいろいろしてくれる。二人で競って話すので、とても書ききれなかった。

最後に山本さんの家の天水桶の前で記念撮影した。おばさんが門まで送ってくれた。頭を下げ下げ、手を振りながら別れた。おじさんは、佐久間君の家まで送ると行ってついて来てくれた。途中で、江戸後期に三宅島に流され、島民のために尽くした神道家井上正鉄の供養碑に寄った。

「診療所下の佐久間さん」の家に着いたら、家の中から召一郎君が覗いて、「よう」と言った。ご両親も歓迎してくれた。早速畑から取ったばかりのスイカとウリが山ほど出て、皆で夢中で平らげた。あれほどたくさんのスイカを食べたことはない。父上は都の職員で阿古の港湾局にお勤めだが、野菜を作り、牛や豚も飼っている。小学校のPTA会長さんでもある。生憎、また雨が降って来た。梅雨のようなシトシトと降る雨だった。昼食を勧められたが、時間が惜しいので十一時に出発することにした。父上が、この日の夜泊まる予定の、伊豆部落の善陽寺に紹介状を書いてくれた。ありがたい。

阿古から島の西海岸を北上して、まず伊《い》ケ《が》谷《や》部落に向かった。日焼けした肩にリュックの重みがかかり痛いが、下を見つめて機械的に歩く。二人ずつ交代で、重いテントをぶら下げる。

以後、このテントは一度も張らなかった。U君が、

「まるで体を鍛えるために持って来たようなものだ」

と言ったが、何かの場合には持っていなければならないものだった。と言うより、計画では毎晩テントで寝ることになっていた。結果として、部落から部落へと紹介してもらって宿を提供されたのは幸運だった。

歩いていると、トカゲがとても多い。海岸に出ればフナムシだが、陸ではどこに行っても灰色のトカゲがチョロチョロしている。三宅島にはヘビがいないからだろう。

膨大な個体数のオカダトカゲは独自の生態を持っていたが、一九八二年ごろにネズミ退治の目的でイタチを放したことにより、今ではほとんど絶滅してしまった。三宅島を象徴する愛らしい鳥アカコッコも、イタチのために七十パーセント減少してしまった。一方で、イタチはいたる所で見かけるようになった。

途中で一休みしていると、阿古の方から二人のおばさんが歩いて来た。例によって、「伊ケ谷は？」と聞くと、

「もうすぐですよ。一緒に行きましょう」

と言ってくれた。

「東京で子供がお世話になっているから、そのお返しをしなければ」

などと言ってくれる。いろいろ話しながら歩くうち、目の下にとてもきれいな青い海が見えてきた。おばさんたちは、

「もうすぐこの伊ケ谷に、大島からの船が着くようになるよ」

と言った後、

「ほう、夢みたいな話だ」

とお互いに笑い合った。島の人たちにとっては、自分の部落に大島からの大きな船が着くようになるのが夢らしい。どの部落に行っても、

「ここに大島からの遠航便が着くようになりますよ」

と言った。阿古の山本さんが、各部落の間で大きな港の誘致合戦になっていると話していたのを思い出す。

おばさんたちと別れて、急な坂道を伊ケ谷に向かって下って行った。浜が近づくと、海に向かって小さな墓が一列に並んでいた。阿古の溶岩の海岸の上には、焼き場もあった。焼き場も墓も、目の下は激しい波が寄せる荒海である。

急坂を下り切ると、そこは小さな漁港だった。漁業組合から拡声器で、ラジオ放送が流れている。ゴムの「つなぎ」を着た漁師たちが通る。草の生えた急な傾斜地に牛が一頭つながれていた。その下の岩の陰に荷物を置いた。そこで、山本さんの奥さんと一緒に作った握り飯を食べた。飯盒に詰めた大きな握り飯が、瞬く間に消える。

着替えて、海に入った。小さな湾の中なので、ほとんど波がなかった。すぐに背が立たな

くなるが、五メートルおきくらいに水面近くまで岩が出っ張っている。そこで時々休んでは、次の岩まで泳ぐ。水は真っ青で、さまざまな魚がいる。大きな丸い水中眼鏡をつけると、海底が手に取るように見えた。

四時ごろに再び荷物を背負って、伊豆部落に向かって出発した。とても急な近道を、崖をよじ登るようにして必死に上がった。ようやく都道まで登り切って、それを左に行く。

そこからしばらく都道は緩やかに下る。後ろから珍しく車の音がしたので、五人は道の左に寄って、一列になって歩く。すぐに一台のジープが裕志たちを追い越したが、何と左右の窓から若い女性が、盛んに手を振っている。キャー、キャー言って窓から顔を出したのを見ると、島に来る船で一緒になった女子大生だった。

船の上では言葉を交わさなかったのに、裕志たちも以前からの友達のように手を振り返した。ジープはたちまち遠ざかり、谷を越えた向こうの山肌を斜めに勢いよく上って行く。それに比べると五人はカタツムリのようなものだ。しかし、やっぱりリュックを背にして自分の足で歩く方がいい。やがて裕志たちも谷を回り込んで坂を登り切ると、その先に両側が切り立った高い崖があった。風が涼しいので、そこで小休止した。左右に鮮やかな地層が見えている。

間もなく、島の北西にある伊豆部落に着いた。まずサツマイモ畑が、ついで人家が現れ、やがて目指す善陽寺の前に出た。お寺のおばさんは、突然姿を見せた裕志たち五人組に別段驚きもせず、裏に「よろしく」と書かれた阿古の佐久間さんの名刺を見せると、

「まあ、こっちへ来て休んで下さい」

と、大きな本堂に案内してくれた。外観は少し古いが、中は立派で三十畳もある。

やがてスクーターに乗ったおじさんが戻って来た。丸首シャツだが、頭を丸めているから住職だろうと見当をつけて、裕志たちは頭を下げた。家に入って奥さんから事情を聞いた住職は、サンダルを引っかけて出て来て、夕食のことなどいろいろ相談に乗ってくれた。裕志たちのことを疎ましく思っている風は微塵もないので安心した。

お寺の庭のカマドを使って、五回目の自炊の支度にかかった。近所の女の子が来て、

「ネギをあげますから、取りに来て下さい」

と言うので、裕志が後をついて行っていただいて来た。

他の仲間は、キュウリ、ジャガイモ、ナスなどをどこからか買って来た。N君が、ナスの味噌炒めを作った。裕志の担いで来たフライパンが、初めて役に立った。裕志はキュウリとハムのマヨネーズあえを作った。皆で手分けしてキビキビと準備が進む。いただいたネギは、

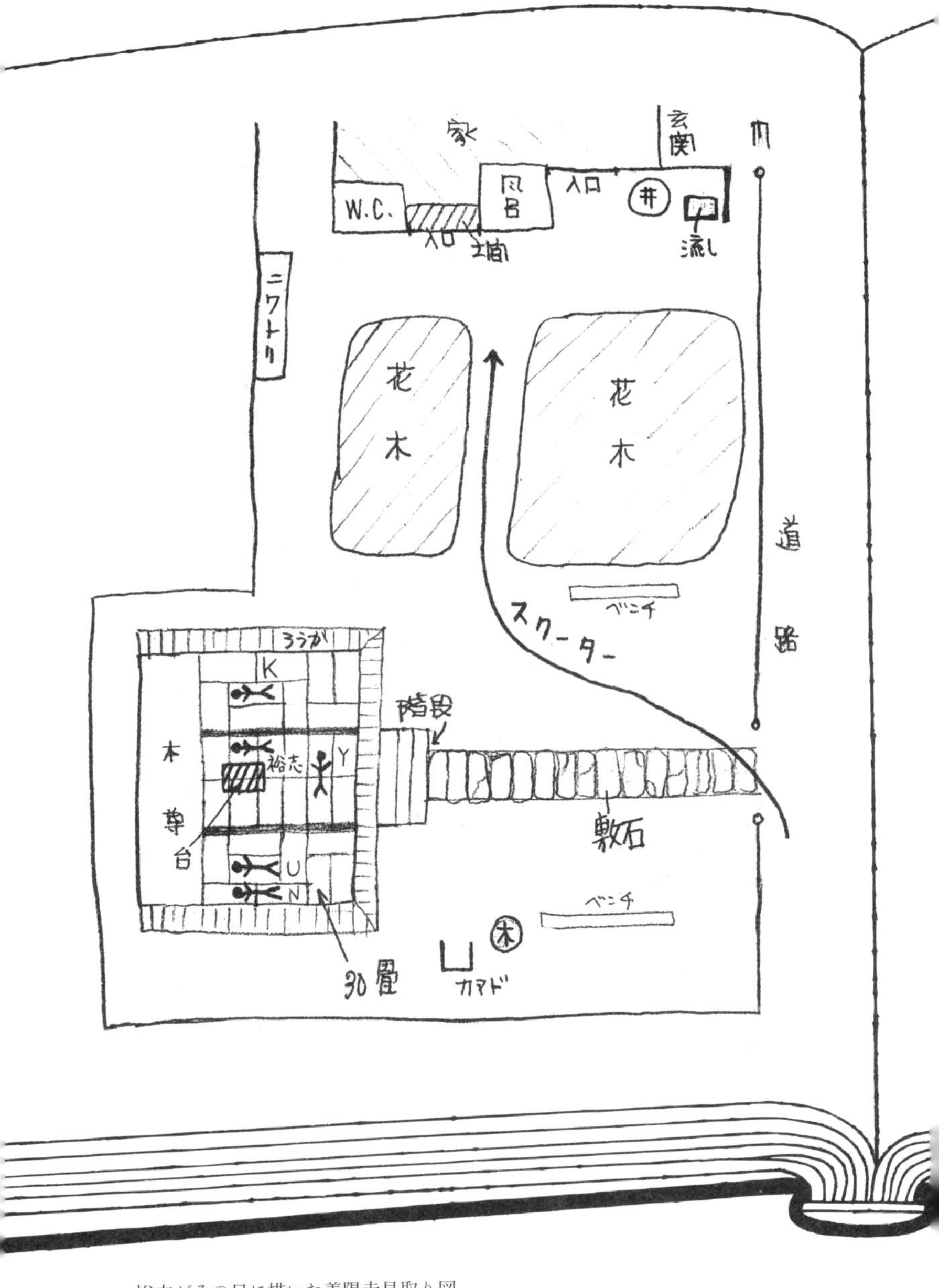

裕志がその日に描いた善陽寺見取り図

味噌汁に入った。

料理をする時、住職の家の外にある流しを借りた。そこに二十代の女の人と、高校生のお寺の娘さんが来て、裕志たちの危なっかしい手つきを面白がったり、野菜を洗う時に上から水をかけてくれたりした。女の人は、どこかの都立高校の図書館に勤めていると言った。娘さんは都立三宅高校二年生のK子さんで、気性のさっぱりしたちょっとハスキーな声の持主だった。たちまち五人の間で、伊豆部落に因んで「伊豆の踊り子」と名づけられた。

外はもう真っ暗になった。おかずがいろいろ揃ったので、三十畳の本堂の真ん中にグランド・シートを敷いて、いよいよ夕食をと思ったら、ちょうどお寺の夕方のお勤めの時間になった。あわててグランド・シートごと、拡げた食事を脇へ引き寄せた。住職が黒い僧衣を着て数珠を持ち、浴衣姿の老人と共に来て、

「ちょっと場所を貸して下さいな」

と言う。五人が言わねばならない言葉だった。

住職が本尊の正面の一段高い所に座る。浴衣の人が、脇の太鼓の前に座る。住職が二、三の仏具を叩きながら、「南無妙法蓮華経」と厳かに始めた。浴衣の人が、太鼓を叩きながら声を合わせる。二人は交互にうまく息をついで、決してお経を絶やさなかった。

このようなお勤めを目の前で見るのは初めてだ。目をつぶると何か荘厳の感に打たれ、心が清められるような気がする。ろうそくのほのかな灯りに照らされたご本尊は、厳かなお経を受け止めるに十分な重厚さがあった。

食事が済んで片づけた後、お風呂に入れていただいた。島で一番広く立派なお風呂だった。この晩は、三十畳の本堂の中の思い思いの場所で、手足を思う存分伸ばして眠った。

神着から雄山へ（五日目）

八月一日になった。

六時に起きて歯を磨いていたら、「伊豆の踊子」K子さんも来た。朝の献立は、ご飯、ネギの味噌汁、牛とマグロの缶詰、ジャガイモとベーコン炒め、トビウオの干物、トマト、麦茶、お汁粉だった。マグロの缶詰は、この頃から売れ行きが落ち始めた。

東京でこの旅を計画した時は、「島でも勉強しよう」と殊勝に考えて、ラジオ講座の英語の教材を持参していた。この日は朝その講座をラジオから流していたが、別天地で盛りだくさんな予定をこなすことで精一杯だったから、勉強には少しも身が入らなかった。

十時ごろ記念撮影をして、厚くお礼を述べて出発した。別れ際、住職がその日の目的地である神着《かみつき》の郵便局長さんを紹介してくれた。これでまた一安心だ。

日差しがきつい。カンカン照りである。嫌な暑さではないが、非常に暑い。歩き出すとすぐに「氷」の看板が目に入ったので、早速立ち寄った。一杯二十円だった。

しばらくアスファルトの都道を行くと、後ろからスクーターで住職が追って来て、神着の郵便局に電話をかけた結果などを教えてくれた。あまりの暑さに、

「この辺で帽子を売っていませんか」

と聞くと、スクーターの後ろに乗って来た坊や（現在の住職）が飛び降りて、前の方に走って行く。そして、遠く前方で道の真ん中に立って両手を腰に当てている女の人に、

「帽子はある？」

と大声で聞いた。

近づいて見ると、女の人は善陽寺のK子さんだった。雑貨屋さんを営むおばさんの家に手伝いに来ていたのである。大きな麦藁帽が三つあったので、ちょうど無帽の三人が買った。K子さんは、ウリをお土産にくれた。照れる彼女を説得して、一緒に写真を撮った。

いよいよ雄山（当時は八一四メートル）に登る日である。右にそびえる雄山の向こうに、白い雲がかかっている。その雲の動きを気にしながら、まずは神着部落に向かって歩く。左

下の海は、相変わらず何とも言えないほど美しい青だ。

島の北部にある神着の部落に入ると、道ばたで薪を背負った一人のおじさんが、腰掛けて休んでいた。五人がその前を通り過ぎると、

「あんちゃんたち、大変だなあ」

と言いながら、一番後ろにいた裕志の所に寄って来て、一緒に歩き始めた。これが、この部落で一番お世話になった消防団長の前田美明さんだった。要所、要所で、良い人に出会う。伊豆の善陽寺から紹介された郵便局の場所を前田さんに聞いて行く。途中のお宮を通り過ぎた所に、前田さんの家があった。

「俺の家はここだから、何かあったら来なさい」

と言って中へ消えた。

郵便局長の平松憲一さんは、前もって連絡を受けていたので、とても親切に迎えてくれた。すぐに、

「まあ、上がれ、上がれ」

と言って、自分もニコニコしながら、太った体を椅子にうずめた。そして、氷水と冷たい牛乳をご馳走してくれた。暑い中を歩いた後だから、ありがたい。

それから、裕志たちのネグラになるお宮まで連れて行ってくれた。

「青年会館は料金を取ると言うから、金がかからない方がいいと思ってな」

と言った。

お宮では、三日後のお祭りの準備をしているおじさん、おばさんが、昼ご飯を食べていた。皆陽気に迎えてくれて、早速親しくなった。そこは三方が開いた建物で、祭りのためにちょうど電線も引いてあるし、畳も用意してある。

おばさんたちの食事が終わった後、八畳ほどの広さの所に畳を敷きつめると、立派なお座敷ができ上がった。そこでフランスパンやチーズの昼食をとった。神着は、牛乳とバターの産地である。牛乳は、濃くて冷たいのがたったの七円で飲める。バターは、百三十円だった。

消防団長の前田さんが、着物を着替え、すっかり紳士らしくなって現れた。

「電球は、ウチに借りに来い」

「便所は、青年会館を使ってもよい」

などと心配してくれた。

それから、雄山に登る道について、懇切丁寧に教えてくれた。

「火口原に下りる時は、下り口に白いタオルなどを巻いておくこと。中に入ってしまうと、どこから下りて来たのか分からなくなる」

「もし雲に巻かれたら、動かずじっとしていればそのうち晴れるから」
などと注意された。

荷物をほとんどお宮に置き、カメラ、麦茶、菓子、ウリ、薬などを持ち、一時ごろ強い日差しの中を出発した。おじさんたちの話では、往復四時間と言うがどうなるだろうか。しばらく都道を東に歩く。右に雄山がそびえている。山頂に雲はかかっていない。頂上までの標高差は八百メートル近くあるだろう。

間もなく島の最北部にあたる土佐に着いた。そこを右折して、いよいよ登り始める。幅が一・五メートルほどの、黒い石炭ガラを砕いたような坂道だ。周りに低い松の黄緑の葉や灌《かん》木《ぼく》が茂っているが、いずれも高い木ではないので木陰はほとんどない。炭焼き小屋の前を通ったが、人はいなかった。

山頂にたどり着くまでに、少々苦労した。途中で両側の茂みがだんだん道を塞ぐようになり、ほとんど人が通った跡がなくなったので、引き返して別の道を探した。

やがて、砂丘のように木が全く生えていない所を通り過ぎた。黒い火山弾を踏みしめて歩く。あまりの暑さに息が切れる。

再び灌木の中を行くと、突然、

「この山に入ってはいけません」

と黒々と書かれた木札が現れた。五人でそれを眺めながらしばらく唸った。まあ危険はないだろうと言って先に進むと、再び、

「この山に入るべからず」

とある。それでもこわごわ前進すると、炭焼き小屋があって弁当が置いてあった。近くに人がいるようだ。

そこで小休止している間に、N君が、

「少し戻って、他に道がなかったか見て来る」

と言って出かけて行った。山はシーンと静まり返っている。ふと、下の方から話し声が聞こえて来た。N君が誰かと話しているらしい。犬のほえる声も聞こえる。

「木を切るんでねー」

「入っても構わないですか」

「ああ」

というやりとりが、相当遠くから聞こえて来た。一安心だ。

N君が戻って来て、

「ソリの道を行くように言われた」

と言う。炭を山から降ろすソリを滑らせるために、一メートルおきぐらいに横木が道に敷いてある。それに沿って行けばいいと言うのだ。周りにガクアジサイの花が多くなる。だんだん本格的な山道になって、一人しか通れない道幅になった。

やがて上の方から、若い男の人がソリに炭俵をいくつか載せて運んで来た。ソリの前に体を置き、その滑り落ちる勢いを背中で止めながら階段状の道を下って来る。その人に道を確かめて、お礼を言ってすれ違った。男の人は、そのままソリの前に足を投げ出して、汗を拭いていた。

そこからは、木立の中を急坂が続いていた。石がゴロゴロした道だ。ハーハー言いながら、やっとのことで登った。

はるか下に、青い海が見える。アジサイの中に埋まって写真を撮った。
二、三度道を見失いかけて、道の続きを探した。つづら折の道の、折れ曲がる辺りが崩れていて、上の道まで一メートルくらいを木につかまってよじ登らねばならない所もあった。
やっと頂上が近づいたらしい。道がほとんど水平になった。その尾根を小走りで進むと、

「出た！」

と叫んだ。目の下に広大な火口原「八丁平《はっちょうだいら》」がまるで湖面のように広がっていた。裕志たちはその北の端にたどり着いたのだ。

黄緑色の草やコケが一面にその表面を覆っている。少し離れた所に、高さが一メートルほどのアジサイの林も見える。右前方のはるか先の方には、煙が上がっている。芋を突っ込むとすぐに焼けるというのは、あの辺りかも知れない。

思ったよりも複雑な地形だ。火口原の周りを山や丘が取り囲んでいる。左の尖った三角形の小山のテッペンには、空をバックにしてホルスタイン牛が一頭、こちらをじっと見て立っていた。神着の前田さんに教えられた通り、白い手ぬぐいを目印として木にくくり付けて、鉄条網をくぐり、火口原に下りて行った。もう五時に近かったが、日はまだ高い。キャラメルをなめ、麦茶を飲んだ。そこは正に別天地だった。

やがて皆で相談して一番高い所を探して登ろうと決めたが、U君は火口原の真ん中に寝転んで、

「待っている」

と言った。疲れているようだったので、彼をそこに残して四人で出発した。それから一時

北部の草原、南部の砂礫《されき》地帯、東部の稜線（1967年3月撮影）。
すべてが今は失われた。

間、U君は誰一人いない世界でたっぷりと孤独を味わったことだろう。それも良かったのではないだろうか。

そこから先の登りは、もう道などはない。草とコケが岩を被うだけの山だから、どこから登ろうと自由である。ところどころ砂丘のような所を越える。人が来たという痕跡はどこにも残っていない。皆で、

「あそこまで」「あそこまで」

と言いながら、競って登った。ようやく目指す所に着いて、岩に腰掛け、K子さんにもらったウリを食べた。N君が、

「もう一つ尾根を渡った所の方がちょっと高そうだ」

と言って、走って行った。裕志らも後を追う。腰まで草がある。N君は、

「あそこの方が高い、あそこの方が高い」

と言って、どんどん先へ行く。Y君も、

「Nの行った所までは、どうしても行く」

と言って、荷物を置いて追いかけて行った。先の方で、二人がふざけている。

追いついて見ると、そこは両側が崖だった。特に右側は絶壁だ。その下のこげ茶色の谷の底には、石を並べて大きく「阿古中」という三文字が描かれている。阿古中学の生徒たちが登って来て、石を並べたのだろう。

時間も迫ってきたのでU君の所に引き返しながら、

「今まで見たこともない世界だ。去り難い」

と思った。岩と岩の間には、黒い砂丘がふっくらと盛り上がっている。その上に足跡をつけながら斜めに下りて行った。

この広い火口原の上に、人工的なゴミは一切落ちていなかった。道らしい道もない。訪ねる人がほとんどいないからである。その清廉なユートピアを見出した時、裕志は、

「この場所を秘密にしておけたら」

と思った。

もちろん伊豆七島の三宅島の山頂が、秘密に守られるはずはなかった。数年後には、「伊豆七島ブーム」が起きた。五日から七日おきに通う二三〇トンの藤丸が、連日の千トン以上（現在では四、五千トン）の船になった。一九六六年には空港もでき、やがて雄山の火口原近くまで車で行ける道が通じて、キャラメルやチューインガム、チョ

コレートの包装紙が散らかるようになってしまった。

今は、二〇〇〇年の大噴火で、直径約一・八キロの八丁平は何と五百メートルも陥没してしまった。有毒ガスが人を遠ざけている。自然の脅威によって、振り出しに戻されたのである。

U君と再会し、五人そろって下山を開始した。白手ぬぐいを目印に小道を登り、鉄条網をくぐった後、荷物を風呂敷に包んで腰の周りにしばりつけ、走って山を下り始めた。軽く跳ぶだけで、ソリ用の横木を二つも三つも跳び越すことができる。途中で風呂敷包みが、一、二度分解しかけたが、下までいっきに一時間で下りてしまった。

下りながら皆陽気になってよくしゃべった。Y君が、「伊豆の踊り子」ことK子さんのことをしきりに話題にし、それを周りから皆であおった。

登山口の土佐が近づいた頃、ふいに後ろから若い女の人が呼ぶ声が聞こえた。立ち止まって、

「誰だろうか？」

と訝《いぶか》しんで待っていたら、その女性は若い男性と明るく話しながら近づいて来て、

「ああ、やっぱり」
と言う。前の日に伊豆部落の善陽寺で会った、都立高校の図書館に勤めている女性だった。男の人は、島の中学の体育の先生で、神着に下宿しているのだそうだ。女の人は、そこに遊びに来ていると言う。明るく健康的で、とてもいいカップルだった。途中で女の人が、裕志たちにスイカを持って来てくれると言って、「スタート！」と自分で号令をかけると、先に走って下りて行った。

七時過ぎに、お宮のネグラに着いた。結局往復六時間かかったことになる。もう大分暗くなっていた。前田さんの家で電球を借り、あかあかと灯りをつけた。それから順に、お風呂に入れていただいた。前田さんの中学生の息子さんが、先ほど会った体育の先生のことなどを教えてくれながら、風呂の火を焚いてくれた。湯上りには縁側で涼みながら、前田さんや、おばさんと話した。帰る時に、トビウオの干物をいただいた。

夕食は、甘食《あましょく》やあり合わせのもので済ませ、牛乳二本を飲んだ。山に行く前に農協で冷やしておいてもらったスイカも食べ、さらに近くの店で氷を食べた。それから、お宮の鳥居の下で花火をやった。五連発の打ち上げが面白くて、「キャッ、キャッ」とはしゃいで夢中になった。

この日は、お宮で夜中の二時まで五人でだべった。電気を消して、延々とあらぬことを口走った。裕志は話の間口ばかり広げてしまい、思うことが言葉にならなくて困った。男女の関係に関する青臭い議論も仕かけてみたが、まとまりがつかなくなった。真ん中に石油カンの蓋を置き、その上で蚊取り線香を焚いていたが、吹きさらしなので何度も蚊に刺された。夢の底の方で、おぼろげに「カユイ、カユイ」と思いながら寝た。

湯の浜の災難（六日目）

八月二日。朝食は、飯盒でご飯を焚いた。もう手馴れたものだ。それから前夜に前田さんからいただいたトビウオの干物に針金を刺して焼いた。コンロを貸していただいたので、能率がいい。食後は体育の先生のガールフレンドからいただいたスイカを食べた。

島での食事は、東京から持って来た米、マカロニ、ハム、ソーセージ、缶詰、味噌、つくだ煮、ふりかけ、つけ物などに加え、島の人々からいろいろいただいたし、足りない野菜などは買うこともできたので、充実していた。食器は、プラスチック製の、三種類一組百円のものを一人ずつ持参し、全部それで食べた。

この日の予定は、午前中は神着近くの湯の浜で泳ぎ、昼食後に東へ歩いて赤場暁《あかばきょう》から三池浜に行き、そこで最後の夜を明かすというものだった。

お宮を整備しているおばさんたちが、「おはよう」と言ってやって来た。入れ違いに裕志たちは、荷物を置いて湯の浜に向かった。都道から、石がゴロゴロした急坂を下りると、青い波打ち際が見える。ゴツゴツした岩の上を慎重に歩いて海に近づき、岩陰に飴や麦茶を置いて、着替えて水に入った。

思った以上に波が大きい。砂利の敷きつめられた小さな湾に入ったら、波が引く時は水がほとんど無くなってしまうのに、寄せて来ると湾全体が水で満たされる。その度にひっくり返った。一つ前に寄せた波が、上からサーッと這うように戻る。下からは、それよりずっと強い勢いで波が登って来る。その上下の波がぶつかると、その二つが複合されて、雨樋の怪物を九十度立てたような壁が盛り上がる。それによって、五人の体がいろいろにもてあそばれる。

ふわりと雨樋の上まで持上げられるまではだいたい同じだが、後は、あぶくと騒音の中で、目まぐるしく体が回転する。回転しながら、岩を飛び越えることもある。裕志は、水中眼鏡で海の底を一生懸命見ていたら、波に持上げられ、細長い岩を一つ乗り越えた。N君が、

「アッハッハ、うまい、うまい。その調子だ」

と喜んだ。そのすぐ後に、自分が波にやられて怪我をすることも知らないで。

裕志はその時、N君に水中眼鏡を貸して、浜に上がって休んでいた。残った四人は、三十メートルくらい沖の岩を目指して泳いで行った。

裕志が陽光のギラギラ当たる浜に腰かけて見ていると、四人はやがて水中の岩に乗って、膝から下を水の中に入れて手を取り合ったまま立ち、時々強い波が来ると、危なっかしくフラフラし始めた。そのうちY君が辺りをプカプカと泳ぎ出した。

その時、一つの大きな波が、フワ――ッと盛り上がり、三人の姿がその中に没した。今ごろあぶくの中でかき回されているのだろうと思っているうちに、元々立っていた所から数メートル離れた所に、三人が一団となってポッカリ浮かび上がった。その時もまだ、裕志は何事もなかったと思って、笑って見ていた。

彼等も、すぐには自分たちが怪我をしたことに気づかなかったらしい。N君だけが後で、

「足が利かないので、怪我をしたと分かった。手だけで浜まで泳いで来たんだぜ」

と言った。四人が浜に向かって泳いで来る。K君は、途中から得意のクロールに変えて、急いで帰って来る。

「面白かった?」

と聞こうとして、浜へ上がって来た三人を見たら、体のあちこちから真っ赤な血が流れているので、アッと驚いた。Y君だけは無傷だったが、三人は顔をしかめている。N君は特に

不機嫌で、

「何でもいいから、薬をあるったけ持って来いよ」

と言った。裕志は慌てて、ゴロゴロの坂道をあえぎながら登り、走ってお宮に着いた。荷物をひっくり返して薬を見つけ、また走って戻るまでに大分時間がかかってしまった。

幸いにも三人は、擦過傷だけで見かけほどは重傷ではなかった。翌日三池浜で笑いながら撮った写真を見ると、N君は腰から腿を通って足首まで連続的に傷が続き、K君は背中全面に斜線が入り、手の指先や足首も怪我をしていた。U君は、全身に細かい傷があった。あの時は、相当に痛かったことだろう。

結局、治療はお宮に帰ってからということになって、そのままトボトボと引き揚げた。

「敗者の群れだ」

と冗談混じりに言う者があった。出会う人にジロジロ見られながら、海水パンツのままやっと帰り着き、仮の腹ごしらえのために農協でリンゴ十個とナシ五個を買って、お宮の階段をノロノロと登った。おばさんたちが賑やかに迎えてくれた。三人の傷を見ても同情せず、

「その傷跡を見る度に、三宅のことを思い出すよ」

と言って笑った。

リンゴとナシを食べた後、N君とK君が診療所に行き、体のあちこちに大きなガーゼを貼り付けて帰って来た。それから昼ご飯を作るのは大変なので、口惜しいが前日氷を食べた食堂へ行った。一番怪我をしたN君が、

「皆さん、お弱いですね」

とビッコを引きながら言った。メニューにはラーメン等いくつかの料理があったが、ザルソバ以外は品切れだった。

さすがに三池浜まで歩く元気がなくなったので、バスに乗ることにして、四時ぐらいまで荷物を整理しながら休憩した。前田さんは、ありがたいことに次の三池浜の消防団長の福沢さんを紹介してくれた。

島の幼稚園の団体と乗り合わせたバスは、島の北の海岸を東に進み、東海岸に回りこんで、サタドー岬の灯台を過ぎた所にある三池浜に着いた。

そこの消防団長の福沢さんも、とても親切にしてくれて、浜にある漁師小屋のような場所を提供してくれた。夜は、取れたばかりのトコブシを大量に届けてくれた。浜辺でそれを焼いて食べた。後々まで忘れられない贅沢《ぜいたく》なご馳走だった。

三池浜（七日目）

島の東海岸にゆったりとしたカーブを描く三池浜で、最後の日を惜しんで過ごした。夕方には、坪田から帰りの船に乗る。これでほぼ一週間かけて島を時計回りで一周したことになる。三池浜には都道を挟んで、高いクロマツの並木があった。海岸で、ガーゼを体のあちこちに貼り付けた二人を主役に写真を撮った。大きな黒い砂利の浜と、大海原が豪快だった。

しかし、最後の日を迎えて裕志たちにはちょっと油断があった。坪田へ向かうバスの時間を間違えていたのだ。まだまだ時間があると思っていたが、突然時間が迫っていることに気づいた。大慌てで荷物をまとめ、バスに飛び乗ったので、お世話になった福沢さんにお礼を言いそびれてしまった。さらに悪いことには、泊めていただいた漁師小屋の床の上に、出発間際に米を少しこぼしてしまった。後でそれを見て、何とマナーの悪い高校生かと呆れ、ガッカリされたことであろう。後日、東京から詫び状を送ったが、あの不始末を思うと心が晴れない。

八月三日の夕方、坪田部落の先の海にあの「藤丸」が浮かんでいるのを見つけた時は、嬉しかった。船が天候の具合などで欠航すると、何日も待たねばならないからだ。帰りの船でも、女子大生のお姉さんたちと一緒になった。

帰還（八日目）

帰りの「藤丸」の船室は混んでいた。船室の外には両側に牛が二頭ずついて、窓からちょうどその尻がのぞいている。豚も数匹ずついて、ビービーとうるさい。だから五人は甲板にゴザを敷いて、毛布をかぶって一晩明かした。

行きに比べると風がさほど強くなく、揺れが少なかったので快適だった。裕志は夜七時半から七時間以上ぐっすり眠って、夜中の三時に目を覚ました。十時間眠った仲間もいた。

八月四日の朝六時に、全員無事竹芝桟橋に帰り着いた。上陸するとすぐに、サイダー二本とジュース一本を五人で分けて飲み、無事の帰還を祝った。自分たちだけでこの旅をやり遂げたことが嬉しかった。

家には朝七時半ごろ着いた。家族にのべつ幕なしに島のことをしゃべり続けながら、風呂に入り、朝食を食べ、その後何の気なしに座布団の上で横になったら、それきり眠りこけてしまった。午後の四時十五分に同級生のHさんから無事帰還のお祝いの電話がかかって、ようやく目が覚めた。

＊　＊　＊

この最初の訪問以来、裕志はすっかり三宅島の虜《とりこ》になった。最初に船の中で知り合った島出身の佐久間召一郎君とは、現在に至るまで交際が続くことになった。

大学二年の七月には、彼の父上から次のような毛筆の手紙が来た。

「暑中御見舞申し上げます。今夏は是非御来遊下さい。島も大分変わりました」

その頃、ようやく病から立ち直りつつあったので、二度目の訪問を果たした。

大学時代は度々雄山にひとりで登ったが、一日中誰にも会わないのが普通だった。就職してからは、父母と共に、あるいは会社のワンダーフォーゲルの仲間と共に、また一歳の息子や妻とも訪れた。

阿古部落がほぼ全滅してしまった一九八三年の噴火直後には、妻と息子二人を連れて、佐久間君と共に訪れた。裕志が何度も泊めてもらった佐久間家も、その時埋まってしまった。まだ温かさが残っている溶岩の上を歩いて、彼の家があった所を、

「この下あたりだろう」

と二人で推定した。

固まったばかりの溶岩には鋭い凹凸があって、靴がたちまち傷だらけになった。阿古小学

校の校舎の中を貫いた溶岩の中に椅子や机が散乱している様は、八歳と五歳の裕志の息子にとって衝撃的だったことだろう。

二〇〇六年夏に訪れた時は、二〇〇〇年の大噴火で雄山の上部が吹き飛び、麓から見上げると山の形が変わっていた。標高は三十九メートル下がって七七五メートルになった。

十七歳で初めて訪れた時に、山と海が隣接する島の自然と温かい人情に、裕志は深く魅せられた。その経験が、その後の山への思い入れや、タイの辺境の地の訪問、ヒマラヤ・トレッキング、その他の国内外の多くの旅へ裕志を自然に導いたように思う。

高校二年生の時の三宅島への旅が与えてくれたものは、限りなく大きかった。

第II部 壁を越えて

13冊の
「心のノート」

「十代後半は、精神に急激な変化が起きる時で、いろいろのことを考える。自分の『心のノート』を作って、書きたい時に、一行でも百行でもよいから思っておることを書きなぐれ！」

弓倉裕志は中学三年生の時に、太い黒縁のメガネをかけた男の国語の先生から、こう励まされました。

それをきっかけに、何か感じたこと考えたことがあれば、書いてみるようになりました。

裕志がそのようにして十五歳から十九歳までに書いた十三冊の「心のノート」が、この第Ⅱ部のもとになっています。

第三章　勉強拒否（十五歳〜十七歳）

　裕志が昭和三十四年（一九五九年）四月に入学した東京都立日比谷高校には、中学時代に成績の良かった生徒が全国から集まっていた。しかし裕志の見るところ、かなりの生徒が入学と同時に、学業の上では劣等生に転落して行った。世間一般からはエリート校のように思われていたが、中にいる生徒たちの多くは、入学と共に中学時代までの優等生意識をズタズタにされる結果になったのである。

　裕志は、その典型的な一人だった。中学までは百点に近い成績が普通だったのに、突然三十点、四十点という採点結果を返されると、その現実とどう向き合ったらいいのか分からなかった。後から考えると、優等生意識が打ち砕かれたかわりに自分自身の価値観を懸命に模索していたから、そのことには大きな意味があったのだが、当時はそんなことを考える余裕がなかった。

生徒の自主性を尊重していたためか、先生は、生徒が分かっていようといまいと、あまり頓着《とんちゃく》しなかった。授業は、午前中二時限、午後一時限で、すべて百分授業だった。教室の窓側を除く三面に黒板があり、しばしばそのすべてを使って、百分の間にどんどん先へ進んだ。

真面目に熱心に勉強する生徒はついて行っていたのであろうが、裕志などはただ途方に暮れ、異星人の発するかのような訳の分からない先生の話に打ちのめされながら、百分をじっと耐えた。相当耐えたと思って時計を見ると、まだ五十分も残っているようなことがしばしばだった。

高校入学と共に急速に勉強に意欲を失った理由は、後で考えれば明らかだった。それは、中学時代、裕志がなぜ成績優秀だったのか、なぜ張り切って勉強したのかを考えれば分かる。

彼の成績急上昇は、中学二年の半ばに起きた。一年の時からK君という成績抜群の友達ができて徐々に影響を受けていたが、ある休日の翌日が社会科のテストだった時に、どうした風の吹き回しか、裕志はテスト範囲をじっくりと勉強してみる気になった。そして満点を取った。

それに注目したY先生が、授業中に裕志を当てた時に、

「弓倉君は、今度のテストで満点だった」

と皆に紹介したのである。誇らしかった。

直後の定期試験の時に、各科目に同じようにじっくり取り組んでみたところ、何と全校で二番という成績になった。担任の先生も驚いたが、自分も快感に酔った。それ以来、いい成績を取っていることに子供っぽい誇りと充実感を感じ、頑張り続けた。裏返せば、一度先生に認められてしまったので、成績を下げる訳にいかなくなったのだ。

しかし、中学卒業直前に、裕志はそんな自分に疑問を抱き始めた。学校や先生から当然のごとく与えられる規範に従うことに、どんな価値があるのかと思った。それのみならず、学校が強いる勉強というもの（それは個人の自由であるべき精神活動を、無理やり枠にはめようとする非人間的な行為のように思われた）に強い拒否反応を抱くようになった。

幸い日比谷高校は、課外活動がとても盛んだった。ラグビー部は、裕志が一年生の時に全国大会でベスト・エイトに入った。水泳部や野球部など他の運動部も頑張っていたし、音楽

部のオーケストラは、彼が入学した年に演奏活動を始めた。

裕志は、一年の五月の体育祭で仮装行列に熱中したのを皮切りに、合唱祭、演劇、バレーボール大会、文集作り、生徒会活動、クラスの運営委員、三宅島への旅などに次々夢中になった。主体的に意欲を持って取り組むと、自分でも思いがけないほどの達成感を味わえることを知ったからだが、勉強で置いてきぼりを食っている鬱憤《うっぷん》を、課外活動で晴らしていたとも言える。だから授業が終わった後元気になる「二時四十分からの男」と呼ばれた。

毎日家に帰った後も、素直に教科書を開く気持ちにはなれなかった。予習なしに翌日の授業について行くことが難しいことは分かっていたが、机に向かっても、まずは「心のノート」を取り出して、胸の中の煩悶《はんもん》を書きつけることに長い時間を費やしていた。書いていたのは、次のようなことだった。

＊＊＊

授業について行けない

中学を卒業する少し前に、「何のために勉強するのか」という疑問を強く意識するようになった。その答えが、全く見出せていない。その結果、高校入学と同時に学業に対して心を閉ざしてしまった。当然ながら授業に全くついて行けなくなっている。

入学して一ヵ月あまりたった。

今日も、七時ごろ家に帰って来て、十分くらい生物の復習をしたら夕食になった。八時ごろから体育祭の仮装行列の案を練り、それにけりがついてから、また二十分くらい生物をした。しかし、姉の弾くオルガンの音が耳につくだけでなく、生物は授業に追いかけられていてよく分からないし、興味も湧いて来ない。結局上滑りで何をしたのか分からないままに、十一時になった。

高校に入ってからまともにじっくり勉強ができた日は一日もない。中学の時までとは打って変わって、勉強はどれも前に進まない。

今日の土曜日は、学校が休みだった。（日比谷高校は当時、隔週の土曜日が「研究日」と呼ばれる休みだった）

昼から国語を少し勉強した後、近所のNさんの家で二人の小学五年生に勉強を教えるアルバイトを三時間やった。今、このアルバイトには熱中している。

夕食に戻った後、またNさん宅で、「名犬ラッシー」「ローンレンジャー」「プロ野球・西鉄（今の西武）対巨人」「日真名氏《ひまな》飛び出す」というテレビ番組をズルズルと見てしまった。

「一日をこう使おう。予習・復習はこうしよう。日曜日は、何時から何時まで勉強しよう」などといろいろな計画は立てる。しかし、一日経つとそれが重荷になる。いつの間にか、その計画も埋もれてしまう。しばらくすると、また何か計画が欲しくなって、素晴らしい奴を練り上げる。それも長くは続かない。

高校で最初の定期試験が近づいた。中学三年の時は高校入試を目指していたが、いざ合格発表にたどり着くと、急に力が抜けてしまった。試験にも意欲が全く湧いて来ない。

六月二十六日に三日間の中間試験が終わったが、結果は問題外だった。準備が全く不足したまま、仕方なしに受けた。採点結果が返って来るのは、余計なことのように思える。

夏休みが迫った。秋の劇の準備で忙しい。

「成績を挽回しなければならない時に、こんなことに熱中するのはどうか」

と言われるかもしれないが、人間一番楽しいのは、遊びに、仕事に、スポーツに一日中忙しく動き回って、そしてぐっすり眠ることだ。

明日の英語の予習ができていない。もう七ページくらい遅れてしまった。今日はやらなければならないと思うが、二、三日前から腹具合がおかしくて、元気が出ない。おまけにちょうどややこしいところに差しかかっている。文脈がこんがらがって、よく分からない。

腹が悪いのに、今日は訪ねて来たK君と、よく食べた。カリントウを山ほど食べ、桃を食べ、夕食が終わると、腹が減ってもいないのに減っていることにして、ブドウパン五切れにバターをたくさん付けて、牛乳を飲みながら食べた。もうグッタリだ。寝るしかない。

夏休みもあと二十日になった。あっという間に、半分が過ぎてしまった。

前半は、全く勉強が手につかなかった。毎日あちこち飛び回って、すごく忙しかった。しかし、これからも忙しい。六日間は劇の練習、二日間は小学校と中学校のクラス会、プールが七日間。それに小学五年生二人の家庭教師と、カルチャーセンターの英会話が、交互に毎日ある。

計算してみたら、シェークスピア（原文を易しく書き直した本）は一日四、五ページ、漢字練習帳は一日四ページやらなければ間に合わない。文語文法も、『平家物語』もある。しかし、何だかふわふわしていて、力が湧いて来ない。

勉強をやる前に、本のカバーをする、本に名前を書き入れる、自分の名前のハンコを押す、「この本どれくらいやったっけ」と、ある本を取り出してパラパラやる。あるいは、計算用紙に自分の名前をいろいろな字体で書いたり、訳の分らぬ絵を描く。台所に行って腹も空いていないのに冷蔵庫の中をあさる、傍の古新聞を隅から隅まで読む。そういう行動にそれてしまいがちだ。

一瞬光が見えたが

「もともと自分には、大して能力がない」と思う。頭もそれほど良くない。学校では、成績が真ん中ぐらいの人でないと話が合わない。唯一頼りの粘り強さも、今ではどこかに引っ込んでしまっている。

そう思っていたのだが、夏休みが終わりに近づいた今日、日比谷公園の中の日比谷図書館で、久しぶりにちょっと昔の味を思い出した。まずは午前中図書館の前で行列しながら、『平家物語』と『三四郎』に目を通した。昼食の後、「青空よ、いつまでも」といういい映画を見て二時半まで過ごしたが、それから本式に勉強にかかった。

まず、シェークスピアの英文和訳を一ページ、一ページやり始めた。映画で気持ちよく笑った後で、図書館内の室温も快適だったからかもしれないが、割合に落ち着いてスムーズに進んだ。周りに真剣な顔で勉強している人がいっぱいいたのも、良かったのだろう。隣の女の子が、勉強に飽きてあくびをしながらうつ伏せになったり、雑誌をパラパラやったりしているのも、反対の意味で良かった。

一時間くらい順調にやって午後三時半になった時、

「このページを終えたら休憩しよう」

と決めた。そのページは、思いのほか手間がかかった。

それがようやく終わってまさに腰が浮きかけた時、ふと、立つのをやめた。そして、本やノートや下敷きを、机の上の自分の領分の中にきれいに並べなおして、次のページにかかった。やり始めてみると、さしたる苦痛なしにある種の満足感を覚えながら、ついに五時まで走り切ってしまった。そしてとても楽しい気分になって、手早く荷物をまとめ、新橋駅へ向かった。

後悔

夏休み最後の日になった。夏休みをどうしてもっと有効に使わなかったのかと悔やまれる。

七月末に毎年恒例の臨海合宿（千葉県勝山）から帰って来た時は、それからの夏休みに対

する希望があった。机の前にいろいろな本を揃えた時、

「こいつをこれから次々に片付けるんだ」

と思ってワクワクした。

しかし、それは高いビルの屋上に上って下の景色を眺めた時に、

「きれいだなーっ！」

と感嘆したようなもので、下に降りて行ってコツコツ仕事をするのを怠っていたから、いつまでたっても片付かないのは当り前だ。


九月も下旬になった。期末試験数日前になって苦しんでいる。試験範囲の英語のリーダーやサイド・リーダーを今ごろになって訳しながら、「間に合うだろうか」と気を揉《も》んでいる。今まで手を着けていなかったのだから仕方がないが、試験前になって勉強を始めても、苦しいばかりだ。いつでも皆に一歩遅れて苦しんでいる。皆より一歩先を歩けば楽なのに。ついに試験で英語を放る以外になくなった。生まれて十六年五ヵ月ぶりの最低である。

一日

高校入学後、七ヵ月が過ぎた。もう十一月だ。

毎朝七時過ぎに、母親から、

「起きなさい、起きなさい」

と何度も言われているうちに、やっと気がつく。それから半分寝ぼけたまま何も考えないで洋服を着、顔を洗い、食べて、七時三十五分に家を飛び出す。

やっと正気になって、「今日こそは、充実した日を」と思う。


バスに乗って座ると、大抵まずカバンを開けてみる。そしてあれこれ迷ったあげく、次の停留所に着く頃に、何か本を引っ張り出す。それから渋谷に着くまで、一応それを読む形になる。しかし、しょっちゅうキョロキョロして、本に長いこと目をやることはない。

渋谷に着くと、大急ぎで階段を上り地下鉄銀座線に乗る。八分で赤坂見附に着く。よく友達と会って学校まで一緒に行くが、その時の話題はくだらない。

「英語、全然予習してないんだ」

「僕も、昨日眠くなって寝ちゃってね」

なんていうのばかり。

校門前の急坂「遅刻坂」を登って教室に着くと、三つの授業が慌しく始まる。休み時間は教室移動に忙しいから、ほとんど自分の時間はない。昼休みは、バレーボールか、ソフトボールか、トランプだ。

二時四十分に授業が終わって、
「ああ、解放された。さあ、これから今日の活動だ」
と、ちょっと張り切る。しかし、放課後に少し楽しむのもいいだろうと思って、友達とのおしゃべりに花を咲かせたり、図書館で当てのないまま本をあさったりしていると、案外時間が経つのが早い。帰りにはよく渋谷の大盛堂書店に寄る。家に着くのはだいたい七時ごろ。もう少し早く帰った日も、今日のこれからの活動のためになどと考えて、パンやビスケットや飴や紅茶などを口にして、しばらく過ごす。

七時過ぎに夕食。それからすぐに自分の部屋に帰って来ることもあるが、普通はリンゴや柿を剥いたり、新聞と睨めっこしたりして、なかなか腰を上げない。それからいよいよ「仕事」にかかる訳だが、「その前にちょっと」と思って「心のノート」に書いたり、読んだ本の抜粋をしたりと、決して無益ではないことをする。怠けている訳ではないが、勉強にはなかなかかからない。

夜の十二時には、「寝ないと明日に差し支える」と思って布団に入る。その時は、「よし、明日はもっとちゃんとやるぞ」と思う。こんなことを、毎日繰り返している。

浮世離れ

父母は言うにおよばず、姉二人ももう学校とは縁がない。その中でひとり緊張を保つのは難しい。今日は、コタツで姉二人の赤ん坊の頃の話が出た。

「一つくらいの時に、ヒバチの灰をそこら中に撒《ま》き散らして」

「インクのビンをひっくり返して、何もかも真っ青にしちゃって」

「お金を持たないで、踏切を越えて遠くまでお菓子を買いに行っちゃって」

「口紅で顔中を真っ赤にして、当分それが落ちなかった」

などと、前にも聞いたことのある話が無邪気に繰り返される。皆ひどく面白がる。下の姉は、誰かの話をする時に、その人の声や身振りを、まるで劇みたいに真似る。そんな中にいて、自分の部屋に戻ると、急に、

「複素数が、虚数が、判別式が……a、bは実数故……」

とやり出す。奇妙な気分になる。こんなことにどんな意味があるのだろう。

仕事のスピード

中学までは、丁寧に人の倍くらいの時間をかけて、やっと一人前の成果を上げていた。高校からは、仕事の成果と共に、それをいかに能率的にやるかということが大事なのだ。この点では、今の自分は全く駄目だ。

こんな風に裕志は自分を責めていたが、後で考えると、あの時はゆっくりゆっくりで良かったのだ。じっくり時間をかけて正面から問題に取り組んでいれば、次第に勘どころがつかめて、仕事のレベルを保ったままスピードを上げることができる。若い時から要領よく早く片付けようとすると、拙速《せっそく》がならい性になってしまう。

裕志は四十代の頃に、気がついたら仕事がかなり早くなっていた。

師走

昭和三十四年（一九五九年）十二月三十日。

朝五時半に、スキー合宿から帰って来た。昨夜は汽車の中でほとんど眠らなかったので、家に着いてから午後一時ごろまで寝た。

それから生物の実験装置を作ろうと、しばらくノコギリでギコギコやったけれど、疲れたのか、疲れたような気がするのか、どうしても息苦しい感じがするのでやめた。リュックを片付けたり、床屋に行ったりして、結局、夜の九時半になった。

勉強部屋の机を覆っている薄茶のコットンのテーブル・クロスの上に、白い半透明の大きな下敷きが、ピタリと吸い付くように置いてある。そこに半分に切ったわら半紙が載っている。その上の隅には、「勉強」と情けない字で書いてある。続いて、

「寒さ、オルガン、図書館は暖房・照明・騒音の悩み皆無、英会話、カルチャーセンター、健康、睡眠不足解消、体と着物の清潔」

などの言葉がバラバラに書いてある。

頭を指で梳《す》いたら、床屋に行ったばかりだから毛がパラパラ落ちた。わら半紙の上にも、傍の小さな手鏡の上にも落ちた。ちょっと鏡を覗くと、蛍光灯のスタンドの白い光に照らされた顔に、色つやが乏しい。元気を出さなければ。そこでわら半紙の上に、

「元気、色つやの良い顔」

と書き加えた。

机の奥の明るい緑色のラジオから、師走番組が流れている。「プー、プー、プー、ボカン、ザ――ッ」。今年九月十四日にソ連の月ロケット「ルナ2号」が月に初めて到着した音だ。

風呂に入って寝よう。

バレーボール

一月末、バレーボールの全校大会で、我が11R（左注）は強豪31Rと大接戦の末逆転で勝ち、第三試合に進んだ。

次の26Rは、2―0で軽く破った。試合の後、放送室でCさんと生物について調べていたら、警備員に見つかって「早く帰りなさい」と怒られた。

五時半に下校。帰りに渋谷の東横デパート（今の東急百貨店・東横店）で、Cさんとお汁粉を食べた。

二月三日、決勝戦で25Rを2―0で破り、全校優勝した。


日比谷高校では、一年一組を「十一ルーム」と呼び、「11R」と書く。

当時は、何かというと男女生徒が丸くなってバレーボールのトスをやった。裕志は一応バレー部の部員で、この時もクラス対抗の全校大会に出たが、優勝の原動力は、名セッターのR君と背の高いアタッカーのK君だった。

中学時代にバレー部で活躍した二人が試合を組立て、裕志などはややその足を引っ張りながら、それでも点を取る度に雄叫《おたけ》びを上げ、コート内を走り回って大いに盛り上がった。当時は九人制で、上背のない裕志は後衛だった。勉強以外なら、こうして何にでも夢中になった。

春休みも忙しかった

二年生になる前の春休み中はほとんど毎日学校に行って、仲間たちと一年の時のクラスの文集『葦《あし》』を作った。表紙のイラストや題字やカットを担当して、あれこれ案を練った。家にいても、文集のことばかり考えていた。

二日間かけて、『愛と結婚のチャンスについて』（堀秀彦、青春出版社）を読んだ。中学二年の時に、秀才のK君と一緒に神田の書店で買った『能力の開発』（F・A・サイモンズ、白揚社）も、初めて最後まで読み通した。さらに、その本に刺激されて「記憶について」という文章をまとめた。

小学校時代のT先生に、七年ぶりに手紙を書いた。

かねてからの念願がかなって、一年の時のクラスの友人七人を家に招いた。皆を呼ぶ前に、レコードを借りに行ったり、バドミントンのラケットを直したり、買い物に行ったりした。

女子三人が六時ごろ帰った後、男子五人で十一時まで五時間じっくり話し合った。これまでで一番深く突っ込んだ話し合いができた。ほとんどが真面目な話だったが、クラスの女子全員の「品定め」もやった。

二人の同級生の家に遊びに行ったし、中学のクラス会を準備し、実行した。その帰りには、H君の家に行って卓球をした。姉の家に行って、生後二ヵ月の姪とも会った。

小学校五年生二人を相手に続けて来た勉強会に区切りをつけることにしたので、かなりの時間をかけて子供たちの両親にまとめのレポートを書いた。

このように勉強以外のことは熱心にやったけれど、春休みが残り二日になっても、宿題はたくさん残したままだ。

この頃から裕志は、

「今のままの生活では駄目だ。静かなるRebellion（革命）を！」

と、何度か「心のノート」に書いていた。学校の成績が一年間低迷し続けたが、二年生になるにあたって生活や学習態度を改め、劣等生から脱却しようというスローガンのつもりだった。

しかしこの英語は、後に思えばいささか意味の異なる言葉だった。暴力革命でそれまでの政府を転覆させるという過激な言葉だからだ。反乱、暴動、謀反《むほん》に近い。

こんな難しい言葉を知ったのは、George Orwell の"Animal Farm"（動物農場）を英語の教材として読まされたからだ。

「人間によって動物たちは酷使され、搾取されているが、今こそ反乱によって人間族を追放すべきだ」（南雲堂が発行した同書の巻末の注釈から）

と牡豚のリーダーが演説し、動物たちが燃え、実際に革命に成功するが、次第に農場の経営がうまく行かなくなり挫折するというストーリーだ。

当時の日比谷高校は、通常の英語の教科書以外に毎年何冊もの英語の本を与えて読ませた。最初こそ易しく書き直したシェークスピア物語だったが、二冊目からは大人向けの小説や評論だった。その最初が『動物農場』だったのである。

百十七ページの本だが、第一ページから裕志の英語力ではとても理解することができない文章が続いていた。先生が三行目にあった、

"With the ring of light from his lantern dancing from side to side,"
（彼はランタンからの丸い光の輪を左右に躍らせながら）

に始まる文型（with と …ing の組み合わせ）を得々と説明してくれたが、よく呑み込めず不安を覚えたことを思い出す。

このようにろくに泳げぬ生徒を大海に放り込むような教育で、裕志はしばしば置いて行かれて絶望的になった。


そんな不安の中で裕志は、次のような殊勝なことを「心のノート」に書いていた。

「焦らず休まず、コツコツ、コツコツと進んで行くことが大事なのだ。あの、劇の前夜の帰宅旅行を見たまえ。あの時はまさに、焦らず休まずコツコツ、コツコツ（ただし、靴の音だったが）とやっていたら、難なく三軒茶屋まで来た。

時計の長針を見たまえ。動いているのかいないのか分からないくらいなのに、一日に二十四回も廻ってしまう。

大きなことをやり遂げるには、決して天才的な能力が必要なのではなく、平凡なる努力を、焦らず休まずというのが大事なのだ」

しかし、自分に対するこの種の叱咤激励《しったげきれい》は、常にかけ声倒れだった。

「何のために勉強するのか？」という問いにも、どうしても答えが見つからなかった。

後になってから考えたら、その答えは明白だった。「面白いから勉強する」のである。学問というものは、どれも最初は遊びそのものだった。ワクワクするような知的探検から始まった。

一般論だが、学校という枠組みの中でいろいろなルールを作り、そこに権威を付与し、生徒に勉強を強制し、やらない奴を懲らしめたり恥をかかせたりするから、勉強が疎ましいものになってしまうのではないだろうか。

試験前は、何もしないでも苦しい

二年生の夏休みも終わり、前期の期末試験が近づいた。

試験で少しでもいい点を取るための間に合わせの勉強は、少しも楽しくない。三十分か六十分机に向かっていると、すぐに飽きが来る。そこで我慢できず立ち上がって部屋を出ても、楽にはならない。しかも、一度部屋を出てしまうと、再び戻って椅子に座り、本を開くまでにはさらに大きな精神力を要する。

飽きては外に出、飽きては外に出、を繰り返していると、勉強は自然に足踏み状態になる。すると、不安、自責など、諸々の「悪い奴ら」がモクモクと湧き出て来る。ついには、何もせず呼吸をしているだけで、はなはだ苦しくなる。

僕の部屋の雨戸を閉め、入口の唐紙も閉め切って、畳の上に横になって歌を唄っていたら、ようやく気分が落ちついて来た。壁に掛けたプラスチックの小型時計の音だけが、カチカチカチカチ鳴り続けている。たったそれだけのことで、生の喜びを感じる。そんな時間をすぐに手放したくなかったので、しばらくその中に浸っていた。机に向かってコツコツ勉強するのは、ちっぽけなことのように感じてしまう。

うずくまって過ぎ去るのを待つ

十二月に入った。

外は夕方から、パラパラと小雨が降り続いている。風に巻かれて雨の音が強くなったり、弱くなったりしながら、庇《ひさし》のトタン屋根に散っている。その不規則な雨の音にけじめをつけるかのように、ある間隔をおいて落ちる雨だれの大きな音が、規則正しく鳴っている。夜中の十二時を僅かに過ぎたところだ。

二年生の後期の中間試験が迫った。しかし、高校に入ってから今までの六回の定期試験の時は、目をつぶり歯を食いしばって、勉強せずにただ試験が過ぎ去るのを待った。今回もじっとうずくまって、早く四日間が過ぎ去ってくれることを願っている。

勉強がどうしてこんなに大きな苦痛の種になってしまうのか？　相変わらず、油が水をは

じくみたいに勉強が手につかない。

裕志は当時、

「胸の中に自らの思いが激しくうごめいている時に、他人の思索の跡などを追っていられるものか」

という思いでいた。その思いも、勉強を拒否させていた。

後に、文豪森鷗外が二十代のベルリン留学時代に書いた文章の中に、裕志はこんなくだりを見つけた。

「ときとしてはその仕事が手につかない。神経が異様に興奮して、心が澄みきっているのに、書物をあけて、他人の思想の跡をたどって行くのがもどかしくなる。自分の思想が自由行動をとってくる。生というものを考える」（『妄想』一九一一年）

多くの若者が同じような思いを抱くのではないだろうか。

第四章　父親という壁（十五歳〜十七歳）

世の中に、平和な家庭は案外少ない。半分以上の家庭は、人には言えない何らかの問題を抱えているのではないだろうか。

夫婦、親子、兄弟、嫁姑《よめしゅうと》、三世代間、親戚などの人間関係や、家計、病気、事故、暴力、非行、引き籠りなど、家庭内には問題の種がたくさんある。人間が最も遠慮がなくなり、弱点がむき出しになるのが家庭だから、問題もまたむき出しになる。しかも、人にはなかなか分かってもらえないことが多い。

裕志の家の場合は、父親が家の中で一年中この上なく不機嫌だった。とりわけ裕志に厳しかったが、それがいかにも理不尽に思えた。もの心ついて以来、裕志は終始父親と闘い続けた。

二人が自然に和解し、対話が成立するようになったのは、裕志が二十五歳で家を離れて五年ほど経ち、三十歳で結婚した頃のことだ。父親はその時七十歳だった。それから亡くなるまでの十年間は、平穏だった。裕志が韓国に駐在中に父親が八十歳で急死した時、裕志はひとり異国の地で泣いた。

裕志の父親は外では極めて社交的で、いろいろな人に声をかけ、すぐに友達になった。そして、人を家に招くのが好きだった。山で知り合った人、街で知り合った人、入院中に世話になったお医者さんなど、いろいろな人がよく家を訪ねて来た。父親はそういう時、とても陽気でよく笑った。

父親の話は、面白かった。若い頃親戚の男が、好きになった女性の家の窓の下でウクレレを弾いた話などは、何度聞いても面白かった。人を惹《ひ》きつける話のできる人だった。裕志の結婚式の時の父親の挨拶は、その後も含めて、裕志が聞いたすべてのスピーチの中で、最高のものだった。父親は仕事の上でも、国内外の多くの人から深い信頼を得ていた。物を売る立場にいながら、アメリカやヨーロッパの買い手に、

「子供の結婚式にぜひ日本から招きたい」

と言われるような存在だった。

それでいながら、家庭の中ではどうして終始憎《にっく》き存在として振舞ったのか、いまだに解明できたとは思わない。裕志は父親について絶えず悩み、苦しみながら、同時に人間について考え続けていた。

説明し難い自分の胸の内を連日のように書き綴る習慣が最初にできたのは、この父親との葛藤があったからだ。高校・浪人時代の十三冊の「心のノート」は、次のような記述から始まった。この時、裕志は十五歳だった。昭和三十三年（一九五八年）の暮れのことである。

＊＊＊

小言幸兵衛

今夜も父親は、玄関の戸を開けるか開けないかのうちに、

「ないして（どうして）——っ！」

と、生まれ故郷の言葉で怒鳴った。理由は取るに足らないことだった。着替えて来てコタツに入ると、今度は、

「箒《ほうき》が向こうの部屋に置きっぱなしだ！」

と文句を言った。父親は、家の中で一年中額にしわを寄せてブツブツ言っている。ラジオで暮れの貧乏話が始まったりすると、ここぞとばかりに中空を見ながら、

「人間一人が生活して行くのは、大変ですよ」

と言い、ジロッジロッと僕を見る。「分かったか、分かったか」という目つきである。

根本原因

毎日、毎日、家の中で言い争って生活している。このような暮らしぶりは、長い年月の間に深く染み込んでしまったものだが、いつかはこの状態を覆したい。それにはまず、今の状態を客観的に観察して、問題の根本原因を見つけなくてはならない。母親は、

「こんな生活を死ぬまでするのは嫌だわ」

なんて言っているが、そう言っているだけでは始まらない。

高校入試も終わったから、今後の一年間で家庭内を何とかしよう。複雑に絡《から》み合ったたくさんの問題の中心にいるのは、父親だ。

父親は食卓の椅子の上にいつも正座して、膝の上にその日の新聞を置いている。朝は、朝

刊の上にパンの粉を一杯溜めて、終わりに、

「おい」

と言って、母へ突き出す。それを母が黙って土間に捨てる。鼻水が出ると、新聞の端で拭いてしまう。入れ歯の洗浄を、食卓の上でわざと家族の皆に見せる。食事中に、急にガーガーゲーゲーとしばらく喉を鳴らすことがある。皆は驚いて食べるのを中止し、一斉に父親の方を見る。何でもないことが分かっても、次の一口をためらってしまう。

父親に苛立つことは毎日数え切れないほどあるが、それぞれが別のものではなく、すべてが何か一つの原因によっているのではないか。その原因をぜひ見つけたいと思う。母や姉はすぐに、

「明治生まれだから、しょうがない」

と言うが、それは誤りだ。

後に裕志はこの部分に、

「父の演技である」「これも父の一つの反抗らしい」

などと書いている。確かに父親には、反抗期がずっと続いているような面があった。

これから三年後には、

「孤独感が父のirritation（自らイライラの中に浸り、他人をもイライラさせようとする心理状態）を生んでいるのだろう。主義・思想などは無関係である」と書き入れている。irritation（偶然にも日本語のイライラに似た発音だが）という英語を知った時、父親の心理状態を表わすのにピッタリの言葉だと思った。

学校なんか辞めちまえ

父親はらんらんと目を光らせて、僕を睨《にら》む。ちょっとでも逆らうと、

「もう、学校なんか辞めちまえ。お前なんか、学校に行っても何にもならない。もう学校なんか辞めて、小僧にでも行け。工場に行って働け。そうしたら親の恩が分かる」

「いったい誰がお前を見ているのだ。そんなら勝手にどこへでも行け。学校なんか辞めて働け」

と言う。

父親が裸一貫で田舎から出て来て、今の生活を築き上げたのは偉いと思うし、一生懸命働いて、あまりお酒も飲まずに毎月ちゃんとお金を入れていることは知っている。しかし、何かというと酒飲みの話をして、自分の真面目さを分からせようとする父親には、ありがた味を感じない。

もう何もしてやらない

七月末に、勝山の臨海合宿から帰って来た。一年生の男子は全員ふんどし姿で、泳げない者も先輩による特訓で泳がされた。ようやくそこで、僕も何とか泳げるようになった。五十メートル先のやぐらを回って必死の思いで岸にたどり着いた。

家に戻ると、イライラした雰囲気が待っていた。自分の部屋の机と本のみが優しい。

父親はよく、

「最近の子供は、親に対する言葉遣いを知らない。孝行ということを知らない」

と、家に来るお客さんにこぼしている。

八月末になって、父親から、

「来月からは、もう何もしてやらない」

と言われた。こっちの言うことは、何も耳に入らない。ただ、

「お前はバカだよ。幼稚だよ。赤ん坊みたいだよ。お前は気違いだ」

と言って、長いこと大きなため息を何度もついて見せていた。父親は、何かひとりで悩んでいるのだろうか。それとも我々家族が悪いのだろうか。

図書館は快適

八月の終わりに、誰にも邪魔をされないで過ごせる日比谷図書館の味をしめた。食堂のラーメンは三十円、親子丼は五十円だ。

ゆったりとした椅子と机で勉強している時は、充実した気分になる。疲れれば、講堂で映画が見られるし、音楽鑑賞もできる。誰の束縛も受けない。学校の帰りに直接日比谷図書館に行き、時間が来たら下の食堂で食べて、終わりの九時まで頑張る、そんな生活がしてみたい。そうすれば、家の中のゴタゴタを全く気にかけないですむ。家に帰れば十時だから、父親は寝ている。

父親の心理

十一月も下旬になった今日は、バカに天気が良くてポカポカしている。

父親は自分では気づいていないのだろうが、家の中で四六時中家族の欠点・失敗を注意深く探し続けている。何かを見つけると、すかさず文句を言う。その上、せっかく見つけた材料をすぐに手放すのは惜しいと言わんばかりに、いつまでもその話をやめない。

飼い犬のリキに餌をやるのが遅れたりすると、ものすごく同情して、

「可哀相だ、可哀相だ」

と言う。その通りには違いないが、どうも単純な同情ではない。「どうして遅れたのだ」と厳しく責め続けることに熱心だ。母親が鍋の蓋を落としたりしたら、父親にとってはこの上なくいい機会の到来だ。

「ああ、気が変になる」

と大げさに騒ぐ。

父親は何の気兼ねも要らない家人を責めることによって、自らが慰められるような心理状態になっているのではないだろうか。そう考えると、父親の行動の多くが説明できる。こういうことを書いていて、最後に一番心配することは、「自分は大丈夫か」ということだ。

不愉快さをもてあそぶ

二年生の夏になった。

父親のかもし出すイライラは、母親にもすぐに伝染する。母親は、よく言葉の聞き違いを利用する。二つの方法がある。

第一は、少し曖昧な発音で話しかけて、相手が、「何？」「何？」「え？」と三度くらい聞き返すのを待って、「オ・チャ・イ・ル？」と語気を強めて言って、それを機会にうんと不愉快になる方法である。

第二は、相手が何か曖昧《あいまい》な発音で話しかけた時に、聞き返すことはせずに、聞いた内容とは関係のないチンプンカンプンな言葉を返すことである。たとえば、「爪切り、あっち?」と聞かれると、「お茶?」と聞き返すという具合だ。作為的に会話を混乱させて、それを機会に不愉快さの中に浸ろうとする。

人間にはどうも、「不愉快さをもてあそぶ」心理があるようだ。父親がよく、「お父さんは怒りたくないけど、お前のためを思って、仕方なしに怒るんだ」と言うが、しばしば大人は、怒ることに不純な楽しみを見出している。相手を威圧して、一時的な愉快感を味わおうとしているのではないか。

その愉快感は表面的な一時的なもので、それをきっかけに結局は自分自身が強い不愉快さの中に引き込まれる。そのことを予想していない訳ではないだろうが、それでいてなお自らを制することができない。いやむしろ進んで不愉快さの中に浸ろうとする。

「嘆き屋さん」は、生活の中の暗い面、上手く行かない点ばかりを話題にする。

「文句屋、干渉屋」は、どちらかと言うと、支配的な立場にいる人がなりやすい。ブツブツ終始文句を言う人は、文句を言うこと自体が目的になっていて、その材料は後から探したものだ。だから、筋の通らない不合理な話をよくする。その文句の内容に反論してみても、意味がない。

説明困難

人間関係の中に生ずる不愉快さを、自分が体で感じるのは簡単だが、それを一つ一つ解きほぐして言葉で説明するのはとても難しい。かなりの分析力、表現力と忍耐力が必要だ。暴力事件の多くは、誰にも理解してもらえない不愉快さが爆発して起きるのだと思う。

家庭内の不和という問題が、話題になることはよくある。しかし、この問題の正体をはっきりつかんだ人は少ない。父親が大酒飲みだとか、競輪競馬に溺《おぼ》れているなどというように、問題の正体が明らかな場合はごく限られている。多くの場合は、いたって平凡な家庭内で、人は苦しんでいる。

その苦しみを知らない者は、そんな問題が身近にあることにすら気づいていない。知っている者は、ただ悶《もだ》え苦しみ、あるいはそれを爆発させて何かをしでかしてしまい、その表面的な出来事だけを世間に見られて非難され、さらに苦しむ。

三宅島の神着部落で深夜皆とダベッた時に、家庭内の悩みについて一緒に考えてもらおうとしたが、誰も話を本当にしてくれないばかりか、

「君が我儘なだけだ」

とひどく批判されることになってしまった。

　裕志は誰にも分かってもらえない父親との対立を長年続けながら、「自分が間違っているのか、父親が間違っているのか」という自問自答を繰り返していた。

ココア

父親は、人は決して悪くない。手乗り文鳥のトッピーを可愛がっていて、

「トッピー、トッピー、トッピーや」

とやっている。孫娘が来ると、素っ頓狂な声で一生懸命あやす。

子供のように寂しがり屋でもある。ちょっと体の調子が悪いと、周りの者にひっきりなしに哀れっぽく訴える。病気で奥の部屋で寝ている時、母親がちょっと台所に来たりすると、大して用もないのに、哀れなかすれ声で「かあさん」と呼ぶ。

　しかし、やはり父親は困った存在だ。人が何かをやる手先を見つめていて文句を言う材料を探しているのはいつものことだが、ラジオ放送の内容さえも、文句や嘆きのいい材料にな

る。さっきはニュースで食品の有毒色素の取り締まりについて放送していたが、早速、

「どうしてあんな変な色をつけるんだろうね。不思議だね。非常識だね。僕はだから、あの変な色をした飲み物を、絶対に飲まない。気持ち悪くて飲めないよ」

と始まる。その場はまるで、僕らが責められているような雰囲気になる。

父親のブツブツが始まると、母親は腰の辺りが痛いのを思い出して、

「ああ、どこが痛いんだかさっぱり分からないのよ」

と嘆き始める。

そのうち間違い電話がかかって来ると、父親がわざと英語で答えてやり込める。

こういうさまざまな現象の底に何があるのかを、考えざるを得ない。問題は複雑すぎて頭が混乱する。

年の瀬が迫り寒さが募る今夜、自分の部屋にいたら、母親がココアを入れて来てくれた。このごろたまにはこんなこともある。ただただだよし。

リンゴ

「番茶をくれ」

と、父親が母親に言った。

「だから、今買いに行くって言ったでしょ」

母親は、声の調子を抑えたまま返事した。

「お茶をくれって言ったんだよ。くれったら、『はい』と言えばいいじゃないか。それを、ぐずぐず言うから、癪《しゃく》にさわっちゃうんだよ」

父親の眉がピクリとし、口の周りが震えている。

「だから、これから買いに行くのよ。そう言ったじゃない」

「ないのか！」

かぶせるように、今度は少し強く父親が言った。気まずい沈黙があった。

僕は、小さいドンブリの底に僅かに残った生卵に、すき焼きの肉をこすり付け、それをほお張りながら立ち上がった。食堂兼用にしてはちょっと狭い台所の中を、椅子をガタゴトどかしながら流しのところに行って、黙ってリンゴをむいた。
四、五日前から右目に麦粒腫《ものもらい》ができて眼帯をしているので、大きな包丁を持て余しぎみだった。
「眼帯しているから、どうも危なくて」

と、半ば意識して明るく言った。もちろん返事は期待していなかった。

このように夫と常に言い争っていた裕志の母親も、山や国内外の旅行にはしばしば夫と一緒に行っていた。裕志自身も、小学校二年、三年の頃に一家で北アルプスに登った時に、父親が山にいる時はとても機嫌がいいので驚いた記憶がある。

楽に生きる人

火鉢の灰の中から煙がもうもうと出て来た時、灰の中に埋まっている煙草の吸殻、輪ゴムなどの異物を見つけて、それを取り除きさえすれば煙の悩みはなくなる。

人生の中の諸々のまずいことも、そのくすぶりの元を発見して取り除けばいいはずである。しかし、実際にはほとんどの場合、人はその煙の出所を突き止めることができない。ごく表面的な現象の説明や、既成概念に捉われた説明で終わってしまう。

真実を突き止めようとすると、皆とは袂《たもと》を分かって「変わり者」にならねばならない。多くの人は、世の中にいろいろまずいことがあっても、「まあ、まあ」と言ってその原因には触れず、諦めて何もしようとしない。不愉快なことは忘れて、友人と戯れたり酒に紛らわしたりして楽に生きようとする。

僕はそのようにして、問題から目を背けることはしたくない。

破滅的要素

人の心の中には、多かれ少なかれ破滅的な要素がある。

子供は、駄々をこねればこねるほど、ますます嫌な気持ちになることを知りながら、むしろそれを知れば知るほど激しく駄々をこねてぶち壊しにしようとする。大人も、時に捨て鉢になる。自棄《やけ》になる。それによってますます不愉快になろうとする。

家庭内では、誰もがよそ行きの気持ちを持っていないから、破滅的な要素も出やすい。本人も気づかぬ形でそれが現れる。それが、家庭内のトラブルの元になる。

＊　＊　＊

裕志の父親は、明治三十五年（一九〇二年）に豊かな商家に生まれたが、家は次第に没落した。高等商業を卒業してすぐ横浜のフォード自動車に勤め、アメリカ人に囲まれて仕事をした。やがて外資系石油会社に転職したが、敗戦の混乱期にそこを辞め、以後は中堅企業の輸出担当として働いた。

裕志が高校生の頃に、父親はあることで社長に誤解され、憤然として会社を飛び出した。そのため何ヵ月か無収入になった。七十歳で独立して小さな会社を作り、八十歳で死ぬまで経営したが、その仕事が堅調だったので、その十年間は終始上機嫌だった。それは裕志と和解した時期と重なる。

酒は弱く、タバコも途中でやめ、ゴルフもマージャンもしなかったが、外では非常に社交的で明るかった。若い頃は毎週のように山に登っていた。子供のように純粋な性格の持ち主でもあった。総じて父親は、大いなる長所と大いなる欠点を併せ持っていた。裕志はその心の仕組みを何とか解明したいと願い続けていた。

この話は一旦ここで終えるが、裕志が十八歳、十九歳で病気や受験勉強に悩まされていた時も、父親の問題から解放されることはなかった。

裕志の母親は、大正四年（一九一五年）に生まれた。祖父は実業家で、父親は文学者だった。二歳の頃に母親に死なれた。

小学校二年の時に関東大震災に逢い、家の下敷きになったにも関わらず九死に一生を得た。一緒に手をつないで逃げた祖母は、即死だった。震災後の避難生活中に、祖父が肺炎で亡くなり、家は没落した。小学校六年の時に父親にも死なれた。

子供の頃から読書が好きだった。絵画、ろうけつ染め、紅型《びんがた》、俳句など、視覚芸術と文学の才があった。

夫と共に山と国内・海外旅行に凝り、いちいち丹念な記録を残している。新たな土地の風物に強い関心を持ち、純粋に感動する人だった。八十四歳で亡くなる二年前に、当時イタリアに駐在していた裕志を訪ねて来て、一緒にマッターホルン（イタリア名チェルヴィーノ）の山裾二千五百五十メートルまでゴンドラで登り、大いに感激していた。

両親の間にも最後の十年の和解があったようだ。裕志はその頃家を出ていたが、晩年は共に精神的に安定した日々を送っているように見えた。

父親が八十歳で心筋梗塞で急死した時、母親の慨嘆ぶりは大変なものだった。

一年後、父親が生前に計画したニュージーランド旅行に、裕志が身代わりで行ったが、マウント・クック上空を小型飛行機で飛んだ時に、母親は窓に夫の写真を押し当てて、雪山の景色をずっとその写真に見せていた。

第五章　思春期の思いと衝動（十五歳〜十七歳）

誰でも十代後半には、胸の中にしまい切れないほどの思いや悩みを抱えているが、それが自分にも説明できなくてもどかしい思いをする。

裕志の場合には、第一に勉強に対して閉ざされてしまった心、第二に父親との葛藤が、ストレスと深い悩みをもたらしていた。そこに第三の問題、得体の知れない思春期の思いと衝動が加わる。それが体の底から突き上げて来て心が乱れ、ますます勉強どころではなくなった。そして、「心のノート」に向かうことが増えた。

＊＊＊

犯罪

世の中から犯罪をなくすためには、ただ悪を憎み、「人の物を盗んだり、生命を奪ったりするのはいけないことだ」と教育するだけでは足りない。罪を犯す人の中にも、普段は善良な人が少なくないからだ。それらの人々が罪を犯した時には、何かの理由で自分を見失い、自分自身でない何者かに操られていたのである。だからただ犯罪を恐れ憎むだけではなく、いかなる衝撃にも自分を見失わないようにせねばならない。それは簡単なことではない。

　これを書いたのは昭和三十三年（一九五八年）の大晦日で、中学の卒業が近づいて来た時だった。このころ裕志は人間の本性に関わる問題として、犯罪というものに関心を抱いていた。「大人になった後、自分が罪を犯したくない」という思いもあった。

元日

雪がたくさん降り続いている。二十八年ぶりの雪の元旦だ。

裕志の「心のノート」には、この日、昭和三十四年（一九五九年）元旦の『朝日新聞』の社説が貼り付けてある。

その社説は、「内にも外にも重大の年」と題されたもので、戦後十四年、手探りの民主主義が現実の混乱の中でさ迷っていると嘆いている。中学三年生の裕志は大いに共感を覚えたようだが、半世紀を経た現在読むと、かなり肩肘を張ったものに感じられる。

その上、精神主義に走り過ぎて、具体的な提言になっていない。当時はこのような論調が大衆の感動を誘っていたのだろうか。たとえば次のような表現がある。内容よりもレトリックに意識が向かっているかのようである。

◇そのさしかかる光を確実にこの目に受けとめるまでは、勤求不断の精進を要する。
◇油断のならぬ事態にむかって緊張の身を固め、賢明のひとみを見張っておくことだけは、断じて忘れてはならぬ。
◇突如として噴火し出したようなベルリン問題が、何の故あってか、今日までにない激しい振動の曲線を記録計に印しつつあるのも、まことにいぶかしいことである。

その主張は、以下のように続く。

◇東西の国際的談話の中から、脅迫、憎悪、ブラフ、冒険の言葉が漏れ出ることがあってはならぬ。かかる言葉こそ、悪魔を誘うささやきである。（中略）まず、言葉を慎め！

◇日本が（中略）示す目標は（中略）、世界の連邦化への促進でなければならぬ。

◇しかし、日本の現実は、無規律と腐敗がしみこんでいる。政治は、識見もモラルも失っている。金による政党の腐敗、党内の派閥、内部の権力抗争、社会的直接行動は、良識から遠く離れている。（本項は要旨）

その新聞の社説の裏面には、

「皇太子さまのご婚約者正田美智子さんは、十四日行われる納采の儀を前にして」という文章で始まる記事がある。皇太子と美智子さん（現在の天皇陛下と皇后陛下）が、写真のアルバムを見ている大きな写真が載っている。見出しは、

「つくりたい〝よい家庭〟…責任と期待に楽しい日々」

である。

三日後の正月四日の社説「原子兵器が勝つか人間が勝つか」も貼り付けてある。要旨は、以下のようなものである。

◇原子兵器が人間を滅ぼす危険を避けねばならぬとしたら、人間が原子兵器を滅ぼすしかあるまい。

◇世界連邦の形成まで行かぬと、人間がついに原子兵器に勝ったとはいえないのである。

二つの社説を読むと、当時の『朝日新聞』が「世界連邦」に情熱を傾けていたことが分かるが、同じ国の中で民族紛争や宗教戦争が熾烈《しれつ》を極めることが珍しくないから、仮に世界連邦が実現したとしても、それで平和が訪れる保証はない。今なら多くの人がそう思うだろう。

美術展

秋が深まった十一月下旬、上野へ日展を見に行った。そこで新しい世界を発見した。心の趣くままに、絵画、彫刻、工芸などの作品の間を歩き回っていると、実に楽しい。そこを離れるのが惜しい作品がたくさんあった。いつか休みの日に、朝から晩まであの中にいたい。おまけに学生はたった五十円だ。

日曜日の楽しみは、神田の本屋を巡る、三軒茶屋の洋画二本立て（五十円）を見る、友人を訪ねる、友人を家に迎える、姉の家に遊びに行く、いろいろな催しに参加するなどだったが、それにもう一つ美術展を見ることが加わった。

見合い結婚

もちろん僕は、見合い結婚なんてしない。そんな危険なことは、断じてできるものか。相手の人間を知るというのは、生易しいことではない。少なくとも一年くらい、なるべく結婚を意識しないで付き合わなければ駄目だ。

十六歳の時にはこんなふうに頑《かたく》なに考えていたのだが、十三年後、裕志は海外赴任直前に見合いをして、見ず知らずの人と結婚した。

女子とのすれ違い

二年生の新学期が始まった。休み時間に、すぐ傍に女子が三、四人固まっていた。そこにCさんが来た。そして、僕とちょっと視線が合ったら、そういう時親しい者同士がやる軽い合図をしてくれた。ところが急だったものだからタイミングが合わなくて、こちらから返事を返す前に、Cさんは慌ててちょっと恥ずかしそうに目を逸らしてしまった。


それから何日か経った今日、帰りに地下鉄の中で、Cさんがこう言った。

「私、ちょっと悩みがあるのよ。まだ誰にも話してないんだけど」

電車を降りた後の別れ際も、とても話したそうだった。

しばらく前にBさんは、

「自分が、何が何だか分からなくなっちゃったのよ。頼むから、悪いところをどんどん注意して」

と言った。

「自分のことを、皆が陰で軽べつしているのではないか」

と怖れているのだそうだ。

この頃は、「男女の差なく」多くの友人を得て、心を通わせたいとしきりに考えていた。特に女子とは、精神面でできるだけ豊かに通じ合うものを持ちたいと切望していたが、実際にはひどくぎこちない付き合いしかできなかった。

理想の人

あと二日で、十七歳になる。

今日、今までずっと抱いていた理想像にピッタリの女の人に会った。渋谷の東横デパートの広い食堂で、その人と偶然同じテーブルになった。歳は、僕と同じか少し下。品のいいおばあさんと一緒だった。落ちついた、明るい温かい雰囲気を持っていた。知的でいて少しも高ぶらず、人間的にとても安定した、本当に感じのいい人だった。女優のような美女ではない。でも僕に言わせれば、一番美しい顔だ。生まれて初めての出会いだった。

この広い日本の中で、同じ時間に同じ場所に座る確率は、無限大分の一くらい低いはずだから……なんて考えてみたけれど、どうなるものでもない。呆然として見ているうちに、その人は、おばあさんと一緒に人混みの中に消えてしまった。これが永遠の別れになるだろう。「二度と今日のような出会いはないかもしれない」と切なくなった。

幼児誘拐殺人事件

昭和三十五年（一九六〇年）五月十九日の『日本経済新聞』夕刊に、幼児誘拐殺人事件（左注）に関するある女性評論家の文章が載った。

読んですぐに、「異議あり」と思った。「犯人は人間じゃない」という見出しからして気に入らない。本文を読むと、なおさらおかしい。「変質者だ」「人間の皮をかぶった鬼だ」と叫ぶだけでは、問題の本質に迫れない。十五歳の時に書いた「犯罪」という文章（一三一頁）を思い出す。

五月十六日に、慶応幼稚舎二年生の雅樹ちゃんが誘拐された。犯人は身代金三百万円を要求したが、その後、「金は要らない。子供の命はもらった」という電話を最後に連絡を絶った。十九日、犯人の車の中で毒殺されているのが発見された。「報道を見て恐くなり殺した」と供述したため、以後誘拐事件の報道自主規制が行われるようになった。

夏目漱石は、『こころ』にこんなふうに書いている。

「然し悪い人間という一種の人間が世の中にあると君は思っているんですか。そんな鋳型に入れたような悪人は世の中にある筈がありませんよ。平生はみんな善人なんです。少なくともみんな普通の人間なんです。それが、いざという間際に、急に悪人に変わるんだから恐ろしいのです」
その通りだ。「人間じゃない」ではなくて、まさに人間がこのようなことをしてしまうからこそ問題なのだ。

誤解が普通

世の中にあるもので、特に人間関係が絡むことで、何らの歪《ゆが》みもなく百パーセント正しく見られているものは、ほとんどない。人はその真の姿を捉える前に、多かれ少なかれ、型にはまった概念や粗雑さによって、ごまかされ誤解している。そういう間違いがたくさん組み合わさって、この世の中のゴタゴタ一切が引き起こされているのである。

顔

三畳の勉強部屋の机の左はガラス戸で、夜になると、自分の顔がはっきり映る。年ごろのせいだと言われると口惜しいけれど、自分の顔とは誠に気になるもの。
それに僕の顔ときたら、実に間抜けに見えたり、神経質に、陰気に見えたりしながら、時に自分には結構いい顔に見えたりもする。その都度いろいろに変わる顔だから、不安と期待が混ざった気持ちで、ガラスの中をそっと覗いてみる。

首を左右にひねり、下を向いたり、上を向いたりしていい角度を探している姿は、どう見てもみっともいいものではない。まして、窓ガラスに向かってニヤリ、ニヤリと愛想を使っている姿などは、この前バスの中で見かけた男子高校生を思い出せばすぐに分かるように、見られたものではない。

温かくふんわりしたもの

二年生の夏が過ぎ去り、九月も末になった。

このごろ堪え切れぬほど侘しいような、体の奥の方からウズウズするような、説明し難い思いに満たされる。これが青春の「悶《もだ》え」というやつか。溢れんばかりに胸中に渦巻いているものがあって、身をくねらせたいような気持ちだ。

無数の感情が大きな釜の中でゆるゆると、しかも力強く対流している。中心からぐうんと盛り上がる時には、目の前にその動きが見えるようだ。それでいて、言葉で表そうとしても、胸の内にあるものを何ひとつ外に運び出してはくれない。どんな声を漏らしてみても、叫んでみても、すべての思いは胸の中にしまわれたままだ。

温かく、ふんわりした、美しい、優しいものと胸を合わせたい。人生を、純粋に生きるべきだ。

人間と性

十七歳と七ヵ月になった。

このごろ、「人間と性」について毎日のように考えている。現代の人類にとって、性は大きな矛盾の元になっていると思う。人類の文明の発達は、その意味でも誤った方向に向かって行なわれたのではないか？

友人たちと卓球をしている時などは、とても晴れやかな気持ちになるが、四六時中それだけでは我慢ができない。女性と温かく胸を合わせるのは、いいことではないだろうか。電車の中で、エレベーターの中で、教室で、ちょっとしたすれ違いの際に、男女が強く引かれ合っていることが、よく分かる。それなのに皆このことについて、しらばっくれている。

女性を求めることについて、心の中に何のやましいものも見つけることができない。良識ある人は口に出すことさえ許されない、と信じられているような男女間のいろいろな思いが、文学や映画では盛んに表現されている。それを平然として読んだり、見たりしている。それでいて現実の生活の中にはそんなものは全く存在しないかのように、しらばっくれている。

何か変だ。原始時代は、きっと今とは全く違っていたことだろう。

人類が生まれて以来ずっと、性に目覚めた時が、すなわち生殖年齢であったはずである。それは、自然のことだった。

しかしながら文明の発達によって、人間が一人前になり子供を育てることのできる年齢が二十五歳前後にまで遅れ、婚姻関係も厳しく管理されるようになった。だから、強い欲求を抱えながらそれを抑制しなければならない期間がほぼ十年あるという不自然なことになってしまった。そのことが、あらゆる矛盾の元なのだ。

このほぼ二年後に、

「少年少女が、二メートルほど離れて寝たが、転び合い、寄り合った」

という意味の古代の歌を新聞で見つけて、裕志はノートに貼り付けている。

そこに佐藤春夫が、

「てんしんらんまんにおおどかに、いかにも古代らしい」

と書いていた。

「総角《あげまき》や　とうとう　尋《ひろ》ばかりや　とうとう　離《さか》りて　寝たれども　転《まろ》びあひけり

とうとう　か寄り会ひけり　とうとう　催馬楽」
（『朝日新聞』一九六二・九・二九夕刊「愛の世界」）

江戸文化研究家の田中優子は、江戸時代の農村には数え年の十五歳前後から誰もがメンバーになる「若衆組」「娘組」があって、そこで一人前の大人になるためのさまざまな体験学習が行なわれたが、そこに入れば、

「自分の性欲を隠す必要はありません」

「十四歳で性生活は始まっています」

と書いている。（『わが10代アンソロジー「生きる」を考えるとき』NHK出版）

『ゴーリキーの最期』

冬休みの初日の今日、年賀状の文章やデザインを考えるのに、三、四時間使った。夕方までひとりで留守番だったので、昼は、卵とじうどんを取って食べた。

流行歌、ポピュラー音楽のテレビ番組をずいぶん見た。ラジオも聴いた。

夕方、動かない十枚以上の雨戸をいちいち外して、戸車の調子を見、ペンチで叩いたり、

ドライバーを差し込んで位置を直したりしながら全部閉めた。

六時ごろからは、『ゴーリキーの最期』（イーゴリ・グゼンコ、朋文社）を百ページまで読んだ。

この本は、中学時代の友人の母親から借りた。薬剤師のそのお母さんはとても読書家で、次々に裕志に本を貸してくれた。その中には、北海道北見の物語『馬喰一代』（中山正男著）などという変わった本もあった。

『ゴーリキーの最期』は二段組みで約七百ページの大著で、そこにはソ連の情報機関の陰謀が生々しく描かれていた。裕志はそれを読みながら、当時の共産主義独裁政権の恐ろしさを骨身にしみて感じた。

小説としてもとても面白かったので、友人に返した後、古本屋に入ると探す習慣ができた。そして丁度三年後に、神田の古本屋の本棚に赤い表紙の部厚い一冊を偶然見つけ、八十円で購入した。今もそれを大切に保管している。

大学時代に小学校のクラス会が開かれ、有名私立大学に通っていたある女性と再会し、読書の話になった時に、裕志はこの本が面白かったという話をした。それまで実に親しげに話していたその女性は、

「そんな本を読んでいるの！」
と言うなり、露骨に冷淡な態度に変わった。共産主義を信奉する学生運動家だったのである。

結局今日は、一度郵便受けに手紙を見に行った以外は、全く外に出なかった。深夜の一時になった。今夜は風呂がないから、今から布団を敷いて寝る。その前に、時計のネジを巻き、歯を磨く。

ひとりの正月

大晦日、身辺の整理をすっかり終えてからゆっくり風呂に入り、着替えて出て来た。昭和三十六年（一九六一年）が静かに始まった。
それからトランジスタ・ラジオを持って、いくつもの寺の鐘の音を聞きながら、カチカチに凍りつきひっそりと静まり返った道を歩いて来た。月がくっきり見えていた。

正月二日。
「早く起きなさい。あなたが起きないと、みんなお屠蘇《とそ》が飲めないから！」

という母親の声で起きた。「お屠蘇」と言われて、正月だったことを思い出した。

昼間は全員出払ってしまったので、昼食は、母親が作ったお煮しめ、きんとん、焼き豚や、形が崩れた日の出かん（ミカンで色付けした寒天を固め、その表面に薄く半円形に切ったミカンを浮かべて、水平線から半分顔を出した太陽の形にしていた）などを突っ突いた。リンゴとミカンも食べた。

その後、夜の十一時過ぎまで、ほとんどラジオとテレビに付きっ切りだった。夕食は、三畳のコタツの中で、きんとんを鍋ごと運び込んだりして食べた。

ＮＨＫラジオの「家族三つの歌」が、明るくて面白かった。宮田輝アナが三つくらいの女の子に何か質問すると、決まっておもむろに、「あたし？」と聞く。「うん、あ・た・ち」とアナが言うと、「しゃあない！」と言って答える。まるで、宮田アナがからかわれているみたいだった。その小さな女の子が、恋の歌を大声で唄ってのけるのには恐れ入った。

宮田輝（一九一一〜一九九〇）は、ＮＨＫで「のど自慢」「紅白歌合戦」「三つの歌」など多くの芸能番組の司会を務め、国民的人気があった。同期に、同じく花形アナウンサーの高橋圭三がいた。

「三つの歌」は、ＮＨＫラジオ第一放送で一九五一年から一九七〇年まで二十年にわたって放送された視聴者参加の音楽クイズ番組。ピアノ伴奏は天池真佐雄だった。

新年に思うこと

人の心の中には、大きな喜び、幸福感と、大きな悲しみ、苦しみが、同居しているべきである。両者が共に渦巻いているほど、人間は生きがいを感じる。肉体的にのみならず精神的にもエネルギッシュな生活をすれば、喜びも増えるが、必然的に新たな悩み、苦しみも増える。

文学あるいはより広く芸術は、自分の中から抗し難く自ずと盛り上がって来るものを表現すべきであって、作品のために内面から何かを無理に引っ張り出すようになったら、本末転倒だ。だから、芸術家という仕事には疑問がある。人は皆、生産やサービスに関わる仕事をしながら、心の趣くままに芸術的な活動をすべきである。

生涯に一冊、人生の真実に関する本を書きたい。観察者の側からではなく、あくまでも生活者の側に身を置いたままで。

主観的に言うと、心の底から充実感を味わえる行いが、善だ。反対が、悪だ。客観的に言うと、人類の進歩に役立つものが、善だ。逆に人類の将来を破壊するものが、悪だ。

今は、「人類の進歩」とは何かが見え難くなっている。特に地球環境問題を考えると、人類の進歩を目指して努力したつもりが、逆に人類の将来の破滅をもたらしかねない結果になっている。

三つのラジオ番組

一月二十二日の夜、NHKラジオ第二放送で充実した次の三つの番組を聴いた。今まで知らなかった世界に目を開かされた。

（1）農村の歩み「酪農のフロンティア」

岐阜県郡上郡（今の郡上市）の開拓村の話。東京には、あれほど立派な若者は滅多にいない。あるおばさんも、開拓経験の中で身につけたという明るく逞《たくま》しい人生訓を述べていた。

（2）科学談話室「災害を科学する」

災害の研究に数十年携わっている二人の専門家の話だった。エネルギッシュな活動内容や、仕事に真剣に取り組む姿勢が伝わって来た。

（3）青年学級の友へ「外国の農業・日本の農業――アメリカ式農法に学ぶ」

いずれも、出演者の話し振りとその内容が、円熟した人生を感じさせた。自然科学と社会科学の本来の姿に接した思いがした。

光のうごめく世界

台所で不機嫌そうな顔をして編み物を続ける母親の前に、長いこと無言で立っていた。それから急にキッパリと動き出して、食卓の周りを半周廻って買い物籠の中からミカンを一つ取り、水をいっぱい入れた重いヤカンを持って、三畳の自室に戻って来た。

本棚の傍で、ストーブ代わりに持ち込んだ石油コンロが、青い炎を十センチも上げて燃えている。その上にヤカンを載せ、椅子を近くに持って来て、電灯を背にして腰かけた。そして、燃え上がる炎を見つめながら、ミカンを食べた。皮は、左の本棚に置いた。長いこと、じっと炎を見ていた。筒状の炎が、ほとんど揺るがずに燃えている。机の上にかけた緑色の時計が、音を刻む。

人生は、無数の偶然の重なり合いの結果だ。ここに自分が存在すること自体がそうだ。

「考える」とは、心の中で既に暗黙の理解がなされているものを、言葉でつかもうと努力することだ。いかなる人も、直感の段階までは、かなり正確な能力を与えられている。それを言葉でつかむ段階になると、大きく歪められてしまう。既成概念の型の中に無理に押し込んでしまうからだ。その結果、自分さえも自分を理解してやれないことになる。

裕志が普段北側の三畳で使っていた暖房器具は、僅かばかりの熱を発する小さな電気ストーブだった。パラボラアンテナのような丸いステンレスの反射板の真ん中に、ニクロム線の熱源があった。反射板は少し波打ち、熱源を大きく拡大して映していた。怪しくうごめく赤い世界がそこにあった。勉強に飽きたり、もの思いにふけったりする時は、長い間ストーブの中の世界に見入っていた。

このころ裕志は、夜バスに乗る時、一段高くなった一番後ろの席の端に座り、外の灯りを飽くことなく眺めていることが多かった。暗闇の中にうごめく車や店の灯りに見入っていると、人生の無常が感じられて仕方がなかった。それが同時に、言うに言われぬ甘美な時間でもあった。

独りでいたくない

二月も下旬に入った。高校二年生も終わりに近づいた。

今日の帰りのバスの中で、女の車掌さんがキビキビ働いている姿が、とても気持ち良かった。何ものにも拘らない軽やかな気持ちで、仕事に打ち込んでいた。一生懸命だったから、性のことなど全く考えていなかっただろう。

折に触れて異性と愛し合い、そこでエネルギーを新たにし、その後は気持ちを切り替えてキビキビ仕事をする、そういう健全なサイクルが今は回らず、中途半端な歪んだ形のみで性が氾濫しているのが問題なのだ。

北側の三畳の雨戸を、まだ明るいうちに早々と閉め切った。天井から低く下がった電灯が、机の上を明るく照らし出す。自分の大きな影が部屋を斜めに横切って、隅の本棚に届く。膝から下が冷たい。

左のガラス戸に、中途半端な顔が映っている。こちらから覗けば、あっちからも嫌な顔で覗き返す。相手の顔を見据えたまま顔を左右に回すと、相手も変な横目になってぶっきら棒にこっちを見ている。

耳を澄ますと、遠くから子供の叫び声や、犬の吠える声が聞こえて来る。目の前のガラス戸は、風に小さくカタカタと震えている。牛乳屋の自転車の上でビンが鳴る音、エンジンの音をたててスピードを上げつつある軽自動車、遠くの学校のチャイムなどが、時折アクセントをつける。そんな微弱な音が重なりあって、絶えることがない。

独りでいたくない。誰か、いつでも気兼ねなく会って、励まし合える相手がほしい。若いうちは、どうして独りでいなければならないのだろう。

このころ裕志は孤独感に苛《さいな》まれていたから、あらぬ人に交換日記を申し込んだりして、迷惑がられていた。

汚れからの脱却

自分の顔を飽くことなく眺める。

目は澄んでいないのみならず、下品に赤い。下の瞼《まぶた》が腫《は》れぼったい。ニキビの直りかけがブツブツあって汚らしい。我ながら汚れだらけの、実に感じの悪い、生意気な顔だ。ほんの少しずつでも、我が身が汚れて行くのを感じるのは、やりきれない。この瞬間から、あとは一歩たりとも汚れに向かって進んではいけない。

しばらくして、そこに止まっていることに慣れた頃、今度は向きを変えて、ほんの少しずつでいいから、汚れから遠ざかりたい。

喧嘩のきっかけ

「些細なことで喧嘩した」とよく言われるが、喧嘩は、何かのきっかけで日ごろ溜まった不満や憎しみが爆発するものだから、きっかけの大小など問題ではない。大量の石油があれば、けし粒ほどのマッチの燃えさしが近づいても引火して燃え上がる。一旦火が着いてしまえば、いくらでも大きく燃え上がる。

論理が意味を持つ会話を、議論とか論争と言う。それが意味を持たないものを、喧嘩と称する。そこには、ただ不満と憎しみと破壊的衝動のみがある。口喧嘩であっても、論理は事実上意味を持たない。

あと十時間で二年生の学年末試験が終わる。

甘美なもの

高校二年生の後半から、心の中は女性、女性で大嵐だった。甘美なものに飢え、孤独に悶えていた。

「こういう衝動が全身を突き動かす時に、どうしておとなしく机に向かって勉強などしていられようか。学校秀才は、ひどく生命力の乏しい人種なのではないか」
などと考えていた。

ある女子からのメモ

「私のほしいのは、私のことを〝女〟として認め、それ以上に〝私〟として認めてくれる人です。その人は、私を愛していなければなりません。私もその人を愛していなければなりません」

二年生も終わろうとする頃、こんなメモをある女子から受け取った。そして、「心のノート」に貼り付けた。女の子だって、結構モヤモヤしているのだ。

先入観

今まで、人に誤解されることを少しも恐れないという主義だった。誤解を恐れて、安全な道を歩むようなことはしなかった。むしろ、自分の信念にかなうところの、最も危険な道を好んで歩いて来た。人の目を気にして、その日その日を体裁よく暮らして行きたくなかったからだ。

「たとえ誤解されても、いつかすっかり分かってもらえる」

と楽観していたからでもある。

しかし、その考えは甘いようだ。多くの人が「こうだ」と思い込んでいることと違うことを言うと、しばしば反論の集中砲火を浴びる。どんなに説明を尽くしても、

「あいつは、おかしなことを言う」

と思われて、誤解が解けない。

人は、先入観の虜《とりこ》である。そしてお互いに同類の先入観を持っているから、話はスラスラ運ぶのだが、肝心の問題はいつまで経っても解決されない。

とりわけ非難されるべきなのは、「評論家」などと称して、つまり「自分は思想のプロだ」と公言しておきながら、世の中の先入観にちょっとお化粧して体裁を整えただけで発表し、同じような先入観を持った人々から賛同され尊敬され、それで満足している人たちだ。十カ月前に「犯人は人間じゃない」という記事を書いた女性評論家（一三九頁）もその一つの例だ。

人の和

人の和に何よりも憧れていたので、二年生になった時にクラスの運営委員を買って出た。

そして、ガリ版刷りの配布物に、

「人の和は、我々に大きな充実感をもたらしてくれます。たとえば合唱祭の練習の時に、皆がまとまって見事なハーモニーを生み出せれば、充実感がみなぎります」

などと書いていろいろに呼びかけたが、クラス内は笛吹けど踊らずであった。二年の終わりになって、ようやく次のようなことを書いた。

「最近クラスがまとまって来ました。ここで別れるのは残念ですが、今までゆっくり話す機会のなかった人がいたら、この修学旅行中に存分に話をして下さい。この一年、クラスの運営委員として行き届かないことが多かったことをお詫びします」

この五ヵ月ほど後に裕志は、

「全くあの頃は夢中で、（クラス運営委員として）自分がしていることがいいことなのか、出しゃばり過ぎたことなのか全く分からなかったが、とにかく迷えば迷うほど突進した」

と書いている。

自分が家庭の中で孤独で、思春期特有の人恋しさに苛まれていたから、学校で「人の和」を作り出そうと夢中になっていた。そんなことに関心のない仲間からしたら、「あれをやろう、これをやろう」

と声をかけ、非協力について説教したりする裕志は、さぞ目障りな存在であったことだろう。二年生のクラス日誌の最初の方には、

「顔に似合わず独裁的要素が強い」

などとも書かれた。

幸い二年の最後は、京都・奈良への修学旅行で盛り上がった。また、ほとんどのメンバーが三年でも同じクラスになったので、その後のまとまりは自然に良くなった。裕志の三年の時のクラスは、全校二十四クラスが競う合唱祭で春・秋連続優勝をし、入試直前のサッカー大会でも優勝した。

卒業後も、毎年十一月のクラス会を一度も欠かしたことがない。その度に懐かしい思いで「遅刻坂」を上る。今では全八クラスの同期会も隔年で催すまでになっている。その他に、花見の会、ゴルフ会、クラシック音楽を聴く会、一緒に海外を訪ねる会など、同期の中の有志の会がたくさんある。百七十人ほどが意見や情報を交換するメーリング・リストもある。

高校の友は、気が置けない一生の友となった。十代後半という年ごろが、その前後とは違う替え難い意味を持っていたのだろう。

春に負けるな

三月二十二日の朝早く、修学旅行から帰って来た。そのまま翌日の朝まで、ほとんど眠りっぱなしだった。

春のせいか、心が取り止めなくふやけてしまったみたいだ。落ちつかない、不安な気分だ。二日後には、三年生の新しい教科書がこの机の上に並ぶ。十六日後に、新学期が始まる。ふわふわした、生ぬる――い感じだ。何事にも力が入らない。去年の今ごろ書いた、

「しっかりやろうぜ。春に負けるな」

が、また実感になった。

外で子供が四、五人、賑やかに遊んでいる。ひっきりなしにその声が聞こえて来るが、何を話しているのかは聞き取れない。生垣の外を時々歩いて行く大人たちの姿も、チラチラと木の葉の隙間を縫う。

僕は、彼らとは別世界にいる。空虚な時間が過ぎて行く。

第六章　十八歳　ガールフレンドと病と受験

裕志が初めて特定の女性に胸をときめかせたのは、小学校五年生の時だった。相手は、同じクラスのMちゃんだった。その子のことを思うと胸が苦しくてじっとしていられず、一度家に帰った後、もう一度電車を乗り継いで、一時間以上かけてその子の家の見える場所まで行った。薄暮の中で、明らかに彼女の家だけが特別の光を放っていた。

ある時意を決して右隣に座っていた女の子に頼み、その前の席のMちゃんに手紙を渡してもらった。幸いにもすぐに返事があり、何度かそのルートで密かな交信が続いた。しかし、ある日突然Mちゃんが裕志を裏切ったのである。何を思ったか、それまでに裕志が出した手紙を全部学校に持って来て、いじめっ子大将に見せてしまったのだ。大いにからかわれたのは、言うまでもない。

彼女は、色の浅黒い痩せた女の子だった。髪が長かった。後年の裕志の好みのタイプとは異なっていたが、その独特の笑顔が、裕志を痺《しび》れさせたのである。世の中で、彼女だけが特別の存在だと固く信じていた。ちょっと変わった可愛いらしい名前の持ち主だったが、そのことも彼女が特別な存在であることの証《あかし》だと思っていた。しかし、結局は片思いに終わった。

裕志がはじめて特定の女性と付き合い始めたのは、高校三年生の時だった。いくつかの悩みを抱えていた彼にとって、それは明らかな光明となった。実際どれだけその交際によって救われたか分からない。

＊　＊　＊

だが一方では、新たな不幸が忍び寄る。同じ高校三年生の春に、裕志の体の奥底から不意に病が顔を出し、どんどん体を支配し始めた。結局、浪人を挟んで三年間体調が優れなかったが、特に約二年間は、肉体的苦痛が裕志を苛み続けることになる。

バスの中の人

毎朝のように同じバスに乗って来る女子高校生がいる。二年生の終わりに、帰りのバスでその人を見つけた時に「ハッ」とするものがあった。自然な、落ち着いた明るさと、温かい親しみやすさが、ずっと自分が求め続けていたものだと感じた。いつの間にか好みのタイプとなっていた丸顔の女性で、独特の雰囲気を醸《かも》し出していた。朝も夕方も、同じバスに乗り合わせることを強く願うようになった。車内で横顔をチラリと見たり、乗客の間にいつもの白いソックスを見つけたりすると、胸がときめいた。

混んだバスの中でちょうど前に立ち、カバンを押し付けて来たので、膝の上に載せてあげたこともある。あまりにも頻繁に会うので、向こうもこちらの顔を覚えてくれていると期待していた。

三年生の五月になって、彼女の家を知った。バスから降りて、すぐ傍のいつも見慣れた家に、あっという間に吸い込まれたのだ。それからはもう、居ても立ってもいられなくなった。そこで、体育祭の前の日に、思い切って彼女の家を訪ねた。まさに無鉄砲だったが、結果は、とても明るい見通しを示すものだった。幸いにも彼女が玄関に出てくれて、素晴らしい笑顔を見せてくれたのだ。

ある都立高校の三年生であった彼女とは、その後、淡白な交流がしばらく続いた。お姉さんもとてもいい人で、バスの中で話し合うことがあった。裕志はむしろお姉さんと会うと安心で、話題にこと欠かなかったが、やや無口な彼女とは、時々話題に困った。

彼女に対する裕志の気持ちは、恋心とは少し違っていた。何よりも、その人柄がかもし出す雰囲気に強い憧れがあった。当時孤独に苛まれていたので、心の友を得たいという気持ちがとても強かった。

ある日、彼女は青インクの万年筆で、

「就職試験を十一月にひかえて、少しは勉強せねばなどと考えておりますが、一向に進みません。高校に入っていろいろ楽しいことはありますが、今でも悩みの種は勉強のことです。試験の度にガッカリしています」（裕志は、自分と同じだと思った）

「勉強で疲れた時や、近所に立ち寄った時などは、ご遠慮なく来て下さい。私でお役に立てるのでしたら光栄です。また、いろいろお話をしましょう」

などと書き送ってくれたこともあった。

しかし、気が焦れども最後まで、彼女の前で素直に自分を表現できなかった。気後れしてしまって、渋谷駅で帰りのバスの行列の中に彼女がいるのを見つけると、書店に寄ってわざと次のバスにしたこともあった。彼女が高校を出て一流メーカーに就職したことは知っているが、その後のことは知らない。

夜の道

夜、ひとりで近所を走る。時々暗闇で立ち止まって、首をグリグリ動かしたり、体をいろいろにひねったり、腕を回したりして、また走り出す。時には二、三百メートルの距離を全速力で走る。あるいは、月明かりが木や家の面白い影を路上に落としている中を、ひとり運動靴で音も立てずに歩く。夜は、何もかもが静寂に包まれて立ち止まり、一日の生を振り返っている。

体育祭の後のコンパ

五月末、体育祭が終わった。皇居内堀マラソンに飛び入りして、完走した。最後にグランドに入ってから、全力疾走をしてかなりの仲間を抜いた。

終わった後のコンパは、爆笑に継ぐ爆笑、拍手で沸き立った。感想を話し合った後、「北上夜曲」を静かに唄い、元気よく「箱根の山」を唄い、終わりに合唱祭の歌「満州の丘に立ちて」を合唱した。

それから、O君、A君が音頭を取って、体育祭の応援の時と同じように、拍手と歓声の波を三回繰り返した後、

「フレー！　フレー！　三十一ルーム（三年一組）！」

と叫んだ。「サンジュ・イチルウム」が長すぎて、うまく調子が取れないのもご愛嬌だった。

学校の玄関でしばらくK先生を待ちながら、「月の砂漠」を斉唱し、「夕焼け小焼け」を合唱した。暗い階段付近で、空を見つめながら皆しんみりしていた。帰りに「遅刻坂」を下りながら、三十人くらいでまた唄った。


この体育祭のマラソンが引き金になって、裕志は自分の病気に初めて気づくことになる。

スランプは腐った梯子《はしご》

勉強のスランプから脱却しようとして、気分転換と称して散歩したり、勉強のことを忘れて遊んだりしても、効果はない。ますます深くスランプに落ち込んでしまう。

勉強そのものに疲れたためにスランプになることはまずない。ついうかうかといい加減なやり方で勉強を続けてしまった時に、ある所まで来てそれに気づき、急に腐った梯子に登っ

たような不安を覚えて、その先に進む気がしなくなる、それがスランプである。だから、その腐った部分をすぐに補強する以外に、不安から逃れる方法はない。

着実に一歩、一歩、思考を積み重ねている時には、勉強に疲れることは滅多にない。むしろだんだん調子づき、前進が容易になる。勉強は本質的には面白いものだからだ。


高校三年生になると、勉強に対して凍りついていた裕志の心が、ごく一部だが融《と》け始めた。最初にそれが感じられたのは数学だった。数Ⅰ、数Ⅱはチンプンカンプンだったが、数Ⅲは、それまでとは全く別の「数列」の話から始まっていた。この話は案外分かりやすくて、面白かった。

英語は、二年生の時に読まされたTheodor W. Storm（シュトルム）の"Immensee"（みずうみ）というドイツ語から訳された叙情的中篇によって、少しく文学的な香りを味わっていたが、三年生の時にノーベル賞作家John Galsworthyの"The Apple Tree"（リンゴの木）に出会って、作中人物の心の襞《ひだ》に触れる喜びを知った。

『化学の基礎』（津田栄、旺文社）という優れた本との出会いで、化学が少し面白いとも感じ始めた。優れた本は、本質的な部分を簡潔に、分かりやすく表現してくれている。

しかし、裕志が興味を持ったのは勉強のごく一部であり、試験向きの勉強はしていなかったから、三年の七月の実力考査でも、クラスで受験した三十三人の中で三十位だった。要するにビリから四番目である。

担任のK先生は、成績表をもらいに行くと、

「弓倉君は勉強していないのだから、仕方がないね」

と言った。

自覚症状

これから、闘病生活を始めることになりそうだ。この痛みを、眠っている時以外忘れることができない。このままでは、受験までの九ヵ月はとてももたない。

三年生になって間もなくの体育祭でマラソンに参加した後、臀部《でんぶ》のかなり奥深くに耐え難い鈍痛が生まれ、それが次第に大きくなって行った。しかし、その病巣のありかも病名も、なかなか分からなかった。

欠点を愛される人

ある友人は、クヨクヨしていて不機嫌そうに振舞っていることが多いのに、嫌味がなく、どことなく頼りがいのある感じさえ与える。別の友人は、時々授業中に先生を見くびったような態度を取るが、

「○○君は、ああいう人なのよ」

と、何をしても認められてしまう。それどころか、女性を惹きつける何かを持っているらしい。

ある委員の仕事を、自分でも言う通りちょっといい加減にやっている人とか、バレーボールを輪になってする時にニヤニヤして自分の前に落ちるボールを見ている人の方が、好感を持たれていることもある。

表面は雑に振る舞い、平気で欠点をさらけ出していながら、嫌味がなく、かえって好感を与え、頼りにされる人たちがいる。

それに比べると、欠点が表れないように絶えず神経を使っている自分は駄目だと感じる。何かを必死にやっていることが見え過ぎるのは駄目だ。

無実の者の死

悲劇的な、偶然・不運の死というものがある。
思いがけない重大な冤罪《えんざい》が降りかかることもある。

裕志の「心のノート」に、昭和三十六年（一九六一年）七月二十七日の『朝日新聞』の記事が貼り付けてある。見出しは、「強盗とまちがえて、学生をひき殺す」である。

「暗がりで数人の不良に取りまかれた大学生が、折りよく通りかかった自家用車に助けを求めたが、運転者が自動車強盗とカン違いしてそのまま突っ走ったため、車に取りすがった大学生はその車の下にまき込まれ、ひかれて死んだ」

とある。被害者は中央大学三年生のY君で、写真も載っている。

その隣には、松川事件の判決を控えて、「無実の者を殺すな」という横断幕を掲げて東京から仙台まで行進する人々の写真を載せた記事が貼ってある。松川事件は、敗戦から四年目の一九四九年に福島県松川町で起きた列車脱線転覆事故である。蒸気機関車の乗務員三人が死亡した。それが労働組合による意図的列車妨害事件とされ、一審では五人を死刑とするなど、計二十人が有罪とされた。

しかし、検察側のアリバイ証拠隠しなどが発覚し、労働運動の弾圧を意図した冤罪であるとして大勢の知識人・作家などが運動を起こした。一九六三年に、全員無罪が確定した。

友人の留学

舞台は広く全世界に。

同じ日のノートには、中学時代の友人H君から来た次のような葉書が貼り付けてある。

「酷暑の砌《みぎり》、お元気ですか。今年は大学受験のために張り切る年ですね。ところで、僕は八月十二日の午前八時に羽田を出発することになりました。一年の間、アメリカの文化を学んできたいと思います」

AFS (American Field Service) による留学を知らせるこの葉書は、裕志にとって衝撃的であった。学校の勉強に置いていかれ、家の問題に悩み、健康も損ねていた裕志に比べ、H君は眩《まぶ》しく輝いていた。当時アメリカなどは、夢のまた夢だった。

炎暑

炎天下で道路のコールタールが溶けて、テラテラと光り、特有の臭いを出して足の裏でべたつく。白い雲が、濃くなり薄くなり、空を滑る。ドブ川に沿って原っぱを通り抜けて畑道に出ると、草いっぱいの細い道で、アシナガバチがのんびり飛び上がったり降りたりしている。腰をかがめて地面をじっと見ると、複雑な凹凸や割れ目があって、高さ二、三センチの緑色の草が、根を張り、茎を伸ばし、そこに生きている。さまざまな小さい虫が、思い思いに歩き回る。

寺の境内に入ると、すぐ右手に太い銀杏の老木がある。幹の一部は、大きくえぐれている。その根本に、六体ばかりの石の地蔵様がある。どれも無表情に近いが、それでも手のしぐさは、それぞれに工夫を凝らしている。台座の上には、丸い砂利がたくさん乗せられ、そこに蜘蛛の巣がかかっている。

本堂の左脇を抜けてお墓に廻ると、林立する墓石は、一つ一つがかつて生きていた人々の置き土産だ。「日清戦役《にっしんせんえき》で、行方知れず、必ずや奮戦し……」と書いた軍人の墓もある。一歳に満たぬ緑子《みどりご》の墓もいくつかある。

話し相手の誰一人いない生活は、やっぱり寂しい。家に戻ると、隣家で女の子三人が朗らかに笑い転げ、ふざける声が聞こえる。無性に羨《うらや》ましい。

盆踊り

近くの神社の盆踊りを見に行った。踊っている人も見ている人もとても真剣で、本当に楽しそうだった。白髪のおじいさん、おばあさんも、二十歳くらいの男の人も、三つくらいの女の子も、皆真面目な顔で一心に踊っていた。

見物席の中で、一生懸命手まね足まねをしているおばさんや、大学生もいた。太鼓を威勢よく叩くあんちゃんは、煙草をふかしながら手ぬぐいを首に巻いて、得意げだった。数百人の人々の中で、自分ひとりが別の世界の人間のような気がした。

自殺

新聞に、「家出の娘さん水死体で発見」という十二行の小さな記事があった。遺書を残して家出した十七歳の女子工員が、東京葛飾区の中川で、水死体となって見つかったのだそうだ。いったい何を考え、何を思って死んだのだろう。考えることを、一生懸命避けたのではないか。

「あれこれ考えたら迷ってしまいそうだから、ともかく今は何も考えずに、ただ一点だけを見つめて進み、死んでからゆっくり考えよう」

と、夢中でゴールになだれ込んだのではないか。決して生き返ることのない、冷たい水死体の様を、ありありと頭の中に思い描いていただろうか。「死」だけは別次元の問題で、決して試してみることなどできないのだ、ということを忘れたのではないだろうか。

図書館での出会い

夏休みも残り半月ほどになった今日、日比谷図書館で、中学時代の友人Aさんとバッタリ出くわして、しばらく話した。その後やった化学の勉強は充実していた。

今は、夜の九時を廻ったところだ。左の網戸一枚を隔てて、外は闇だ。机の上の明るい緑色のラジオが、さっきから賑やかな、時には静かな音楽を流している。

家の中にも学校の中にも、当分くつろげる世界が作れそうにない。

ローマ・オリンピック（一九六〇・八・二五〜九・一一）の記録映画を、誰かと見たい。Aさんと見ている姿をちょっと思い浮かべる。彼女と机を並べて、すっかり安心して勉強に打ち込んでいる姿も思い浮かべてみる。

Aさんからの葉書

「今ちょうど雷を伴って、雨がものすごい勢いで降って来て、昼間のほこりと騒がしさを、洗い流してくれているようです」

「昨日も学校で勉強していて、『ああ、もう高校生活も終わりなんだな』と思って感傷的になってしまいました」

「それから映画のお話、実を言うと誘っていただくなんて思ってもいませんでした。ありがとう。本当は行きたいんです。でももう少し考えさせて下さい」

Aさんと図書館で会って話したのをきっかけに、この数日前に裕志が葉書を出した。三畳の勉強机に座って、そこから見える窓の外の闇や、音を描写するところから書き始めた。Aさんからの返事の最初に、書き方は裕志の真似だという断りがある。

これを読むと、どうやらローマ・オリンピックの記録映画を見に行かないかと誘ったようだ。まずは、やんわり断られた。しかし、これを機に、心の交流が始まった。放課後時折、日比谷図書館で一緒に勉強も始めた。

テレビの吸引力

テレビのスイッチを切り、画面がサッと縮んで中央に集まり次第に消えて行った後（当時のテレビは、そういう消え方をした）、いつもやるせない虚しさを味わう。テレビに奪われた時間が戻って来ないと感じるからだ。休みの日などは、テレビのために一日を台無しにしてしまうこともある。なぜテレビに、そんなに引き込まれてしまうのだろうか。

一つには、テレビの番組の中に、何か甘いロマンチックな場面を期待しているからだ。もう一つは、

「ともかく、動いている人間を見たい」

という気持ちがあるからだ。ただスイッチを押しさえすれば、そこに生きているさまざまな人間が現れてくれる。それを見たいのだ。

最近は、勉強すること自体は、以前ほど苦痛ではなくなった。ただ、何かそれだけでは満たされないものがある。こうしている今も、また訳もなくテレビの方に吸い寄せられそうだ。

今では裕志は自室に自分専用のテレビを持っているが、やりたいことがたくさんあるので、テレビを全く見ない日もある。時には、パソコンに向かう手を休めて、「ニュースくらいは見るか」とスイッチを入れる時もあるし、最初から意図してドキュメンタリー番組やスポーツ番組を見ることもあるが、それが終われば、自分の作業にまた熱

中する。しかし、若い頃はテレビの誘惑がとても強く、それによって自分の時間を奪われていた。

Aさん効果

大学受験まで、あと五ヵ月半である。勉強が大きく遅れてしまっているのだから、今こそこの動かせない事実を自覚して、誤算なきスタートを切らなければならない。

このように一生懸命拍車をかけても、やはり裕志の心は動かなかった。この二ヵ月後の十一月には、次のように書いている。

「高等学校の生徒として、与えられた時間割に従って日々コツコツと勉強するという生活に、いまだに馴染めない。ベルトコンベヤーに乗ったように、きちっと定められた速さで、日々の授業が流れて来る。止めることも、速めることもできない。そんな学校という枠から抜け出して、思い切り自由に生きたい」

しかしその三ヵ月後の二月になると、裕志自身忘れていたが、「下積みの切なさから、ようやく抜け出しつつある」

という書き込みをしている。実力試験で初めて真ん中より少し上の成績を取ったのだ。前にあった何冊かの良い本との出会いによって、梃子《てこ》でも動かなかった裕志の気持ちが少し動いたようだ。

秋からAさんと図書館で一緒に勉強し始めたことも、明らかに良かった。彼女によって深刻な孤独感を慰められたことに加えて、彼女の前で少しはいい格好がしたかったことも想像に難くない。次のようにも書いていた。

「Aさんのおかげで、精神的安定を得ることができた。彼女に任せておけば、心の貧しさと無縁になれる。勉強、Aさん、合間の運動、そして食事や入浴などの生活基本時間、これだけのシンプルな毎日になった」

手を握った日

一つの記念すべき日。

十一月初めのこのたった一行の記録は、ほぼ間違いなく、Aさんと初めて手を握った「事件」のこと書いたものだ。

その日、放課後にまた日比谷図書館で二人で勉強した後、日比谷公園の中を通って帰る時、初めて手を握ったのだ。手を握るだけでこんなにも温かく心と心が通い合うものだということを、裕志は知らなかった。そして感動のあまり全身が震えてしまったが、彼女の方は落ちついていた。

救われた年

年が暮れて行く。今年は、心の病の瀬戸際から救われた。どこまでも沈んで行くような毎日だったのが、ともかくもそれは食い止められた。Aさんのおかげだ。彼女がしてくれたことがいかに大きかったかを、本人に分かってもらえないのが残念だ。

でも、不安もある。何だか今度Aさんに会う時、自信がない。にこやかに笑えるだろうか。僕が彼女を必要としているほど、彼女は僕を必要としているだろうか。彼女には、僕の傍を離れずにいる必然性が乏しいように思う。

あと十五分で、年が暮れる。

「元旦や、今年もあるぞ大晦日」（大晦日に放送された落語より）

お母様にもよろしく

昭和三十七年（一九六二年）の元旦を迎えた。

「Aさん、丹精を込めた年賀状をありがとう。文章も、僕よりもずっと大人びています。『貴方』だなんて、僕はまだ『貴女』という言葉を一度も使ったことがありません。最後の、『先日はいろいろありがとうございました。お母様にもよろしくお伝え下さい』という挨拶も、立派に一人前の大人のものです。昨日、今日は、この年賀状をずっと手元に置いて、たとえば数学の例題をやる時は、答の部分をこれで隠して、などという風に使わせてもらっています」

こんな手紙を書いたところを見ると、年末にはAさんを自宅に招いて、母親にも紹介していたのだ。やがて裕志も、彼女の家を何度か訪れることになる。そういう付き合いは、裕志にとって初体験だった。受験が迫っており体調も思わしくなかったが、Aさんのことを思うと、世の中が別の色に染まっているように感じた。

今と違って携帯電話もメールもなかったから、何日後かに届く手紙にもどかしい思いを託していた。家に電話する時は、御両親が出たら何と言おうかと、ドキドキしていた。しかし、そのようなコミュニケーションの難しさが、逆に思いを募らせてもいた。

人付き合いが苦手

僕は、人付き合いに苦手意識が強い。人前に出ると、その人に好感を持たれようと焦る。そうすると、ますますうまく行かない。人とどうしても柔らかく打ち解けられない。硬い芯のようなものを、心の中に持っているようだ。

自分だけでいる時間が長いので、話し下手だ。無口でおとなしいだけの性格ならいいのだが、人付き合いが下手なのに、「人の和」に何よりも憧れる。人を見つければすぐ近づいて行って、人の和を作り出そうと焦ってしまう。結果は、逆効果に終わることが多い。

電話も苦手だ。電話しても不自然でない頃合いになるまで、我慢に我慢を重ねてからやっと電話するので、いざダイヤルを廻す時には、胸騒ぎがして仕方がない。相手が男性でも、変わらない。そして、感じのいい電話にしようと焦ると、言わなくてもいいことまで言ってしまい、それに弁解を重ねたりして、電話を切った後、地団太《じだんだ》踏んで後悔する。

それでも、独りでいることができない。独りでいると、どんどん底知れず内向してしまう。自分ながら空恐ろしくなって、人を呼ぶ。

当時裕志は、深い空間の底の方に、どこまでも、どこまでも、体が沈んで行くような感覚になることがあった。最初は、「ああ、始まる、始まる」と思う。徐々に沈み始め、どんどん沈むスピードが上がる。限界なく沈むので、大きな不安に襲われる。急いで誰かがいる所に行って話をすると、その感覚は消えて行った。

一方で、この前後何年かにわたって、空中を泳ぎまわる夢を見た。平泳ぎのような格好で、上下・左右、どこへでも自由に行くことができた。度々その夢を見たので、空中を泳げることが当り前のような感覚になっていた。あまり例のないことだろうか。

家庭の影響

周囲に家の問題を理解してくれる人はいない。大部分は頭から取り合ってくれない。先週、休講になった教室で、四人で四方山話《よもやまばなし》に花を咲かせていた時に、一年の時に一緒に劇をやったOさんの声がひときわ高くなって、

「家族ってものは、温かいものなのよ。家族が温かくないなんて、そんなね」

と言ったきり、話題を切り替えてしまった。

精神的不健康がだんだんと積み重なっている。それを象徴しているのが、赤くただれた疲れた目、くぼんだ頬、ニキビの出た青白い肌、ポツポツのぞく若白髪だ。

人前では、僅かに残された見栄えのいい顔で自分を覆い隠そうと、絶えず気を配っている自分に気づくことがある。こうして自分の三畳にひとりだけで入ると、覆い隠していたもの

がドッと表面に出て来る。

明朗に打ち解けられる家族に囲まれている人と、そうでない人では、精神衛生の面で計り知れない違いがあると思う。子供の時の愛情の欠如は、後々まで人の性格や行動に影響を残すと言う。

されば長年の父親との葛藤は、裕志にどんな影響を残したのだろうか。それを知るのは難しい。しかし、悪い結果だけを残した訳ではない。いやでも人間というものについて考え続ける契機となったからだ。

もう一つ、裕志に家庭問題から来る心の傷や性格的な歪みが残されたとしても、ビジネスの世界に飛び込んで、そこで長年揉まれたことは、よい矯正《きょうせい》になったのではないだろうか。とりわけ三ヵ国で十年間を過ごした海外生活は、いろいろな試練があったとは言え、人間の持っている原初的な善意に包まれる経験でもあったから、かけがえのない治癒《ちゆ》効果があったはずだ。

追い込み

一月も終わりに近づいた。今までのことは、ひとまず全部水に流して、ゴール前、得意の追い込みを。入試まであと三十五日だ。

いくら何でも、直前の追い込みだけで大学に受かるとは、本当は思っていなかっただろう。ただ、ようやくこの頃になって、呪縛《じゅばく》から解き放たれたようにマイペースで勉強を始め、それを少し面白いと思い始めていた。そのきっかけを作ってくれたのは、図書館だった。図書館の独特の雰囲気が、心を自然に勉強の方に向けてくれたのだ。

一週間後に、裕志は次のような英語を「心のノート」に書き写している。

"While one's alive one naturally wants to go on living for ever; that's part of being alive. But it probably isn't anything more." (Galsworthy "The Apple Tree")

「人は生きている間、永遠に生き続けたいとごく自然に願っている。それは、生きているということの一部なのである。しかし、多分それ以上のことではない」

つまり、「生きている間は、ずっと生き続けたいと思うが、死と共にそのような欲も自然に消え去る」という意味だろう。

このような『リンゴの木』からの英語の引用は、この当時彼のノートによく登場する。中には長文で、俄《にわか》に意味をつかみ難いものもある。受験直前でも、まだ文学を楽しもうとしていたようだ。英語表現の面白さにようやく関心が芽生えたのだ。しかし同時に、

「数学は、この世で最も系統立った奥の深いナゾナゾ遊びだ。英語と国語は、要するに文学だ。だからどれも面白いとは思うが、やっぱり孤独だ。切実な寂しさに気づかぬ振りをして、情緒が動き出さないように、その頭を抑え続けねばならない」

とも書いている。

耐え難い痛み

せっかくその気が出て来たのに、例の痛みがひどい。とかくこの世はままならぬ。痛みを自覚してから八ヵ月。その間も絶えず悩まされていたが、受験まで一ヵ月になって、それは耐え難いレベルに達している。

二月末に、Aさんから、励ましの電話があった。

「頑張ってね、あとちょっとだから」

手術の決意

三月三日に行なわれた東大の一次試験には合格した。
体調は、いよいよ悪化している。試験が終わったら、すぐに手術しようと決めた。
「心には下ゆく水のわきかへり言はで思ふぞ言ふにまされり」（古今和歌集）
この歌は恋の歌だが、裕志は自分の病に対する思いを託して書き留めていた。このころ医師は、病巣のありかを全く見誤ったまま、裕志に手術を勧めていた。

春は目前だ

三月八日から三日間、東大の二次試験が始まった。試験中だというのに、何だかばかに楽しい感じだ。

空気が生暖かい。春は目前だ。やるだけやって、七科目のうち、あとは理科の一科目が残るのみになった。不思議にのんびりした気分だ。周囲の受験生も同じらしい。家でいつも勉強しているような気持ちで、問題を解いている。出来ても出来なくても虚心坦懐《きょしんたんかい》。ただし、頭や体の芯はちょっと疲労気味。

試験会場の隣の席は、あっさりした、感じのいい女の人。そろそろ顔なじみだ。友達のように話しかけてくる。どちらかが落ちれば、明日で永久におさらばだ。訳もなく、胸の騒ぐ春だ。身も心も無限に膨張して、生暖かい空気に溶け広がってしまうような春だ。

昨日で試験は終わった。

今日は、ポカポカと、平和な一日だった。枯れ枝や枯葉の積み重なった地面の上を、ちっちゃな黒い蜘蛛がせわしなく右往左往していた。そここに、明るい緑の雑草が目立ってきた。真っ白なモンシロチョウが、爽やかさを振り撒《ま》いて行った。

『みずうみ』

二年前の今ごろ読んだ、シュトルムのドイツ語の小説 "Immensee"（みずうみ）の英訳版を、また読み始めた。

高校一年を終えたばかりのあの頃は、この本を読むのに随分苦労したものだ。一行ごとに呻吟《しんぎん》し、同じ文章を五回も十回も読みながら、カタツムリのように進んだ。

当時の単語帳を見ると、一ページ二十八行を訳すのに、単語を三十も四十も調べている。三行の間に意味の分からない言葉が五つくらいあるのはザラで、まずその五つの語を辞書で引き、五本の指をそこに挟んでそれを見比べながら、辞書に書かれた多くの意味のうちどれを取るべきかを割り出す。熟語はどこに潜んでいるか分からないので、付近の単語の熟語を片っ端から調べて行く。授業から五ページも遅れているのに、また明日百分授業があるという時などは、ただただ途方に暮れてしまった。

しかし、随分遠回りしたが、高校三年の秋ごろからどうにか少し余裕が生まれた。昔の五分の一くらいの単語を調べれば、英語版『みずうみ』を読めるようになった。

泣きわめく子

入学試験が終わってちょうど十日が経った。明日がいよいよ発表だ。今は、渋谷の東横デパート旧館六階の隅の、ソファーに腰掛けている。時間は午後の二時過ぎだ。

今朝は、十時二十分から正午まで東急名画座で「ボーイハント」を見て、その後東横で天丼をひとりで食べて、今までブラブラしていた。この十日間は徹底して何もせずに、頭を空っぽにして過ごした。

今は思い切り羽目を外して遊びたいと思うが、いざそう思い立ってみると、何をしたらいいのか分からない。八十円の映画を一本見て、百二十円で天丼を食べて、あとはボーッと座ったままだ。

少し前なら、Aさんにでも電話をして映画を付き合ってもらっただろうが、今日は迷惑ではないかと気を遣ってしまった。

「おんぶーっ、おんぶーっ」と泣きわめきながら、男の子がお母さんに手を引っ張られて、階段を下りて来た。涙と鼻汁で、顔中をくしゃくしゃにしている。隣に座った。そこから床にずり落ちて、駄々をこねている。

「屋上!」「パンパン!」と要求が変わって、依然として泣きわめきながら、また手を引かれて行った。お母さんが、割合冷静になだめていたのがよかった。ついこの間まで、自分もあの男の子と同じようなことをやっていたような気がする。

この頃に裕志が書いたものを読むと、二次試験を受けた後も合格の淡い期待を抱いていたことが分かる。しかし、高校三年間をほとんど勉強拒否症のうちに過ごした彼が、現役でまともな大学に受かる程、甘いものではなかった。

この年の三月二十一日の夜、暗くなってから東大駒場キャンパスに貼り出された合格者の中に、裕志の名前はなかった。(当時は、受験番号と氏名が貼り出された)

補習科

今日は補習科(左注)の入学試験のために、久しぶりに「遅刻坂」を上がった。

今日の試験には、受かるかも知れぬ、落ちるかも知れぬ。どっちにしても大差のないことのように思われる。落ちれば、予備校の試験を受けるだけだ。

東大の発表を待つ時でさえ、同じ気持ちだった。入学試験を身をもって経験し、その中味を知っている者にとっては、合格と不合格の差は限りなく小さい。一点差、二点差かもしれないのだ。宝くじの前後賞のようなものは一切ないから、傍《はた》からは結果が派手でドラマチックに見えるだろうが。


生徒の自主性に委ねる日比谷高校は、受験指導を格別行なわなかった。数学の集合や確率は、当時理科系でも大学入試の範囲外だったが、それを三年の終わりに全員に教えたりした。受験のための補習など一切しなかった。

その一方で、いくつかの都立高校と同じように、浪人一年生を対象にした「補習科」というものがあった。高校の片隅に階段式の一教室があり、受講生は百二十人だった。裕志はここに席は置いたが、病気のためほとんど出席できなかった。

ありがたい友

On the whole（全体として）、精神状態は極めて安定している。補習科の試験の日に、Aさんがまた電話をくれた。

Aさん――いい友達を持ったものだ。これ程僕の気持ちにしっくり来る人は、滅多にいないだろう。安心しきって、友情、愛情を注ぐ。

学力競技大会

学力試験というものは、できる奴のためだけにある。何事によらず自分が努力して習得したものがあると、そのことについて質問されたいと思うのは人情である。逆に、全く準備不足のことについて力を試される時ほど、嫌な気分になることはない。「できる奴を喜ばせ、励ますこと」以外には試験は役立たない。

野球に野球大会があるように、学力を競う学力大会があってもいいが、高校野球に強制出場がないように、学力試験も、自分の力を試したい者だけの自由参加が本来の姿だろう。

三年生の終わりが近づいてから、自分もようやく学力競技というものに参加してみようかという気持ちになった。今まで、仮装行列や劇、文集作りの競技、まとまりのあるクラスを作る競技、良い生徒会を作る競技、ガールフレンドを得る競技などに打ち込んでいたが、そろそろ学力でも自分の力を試してみようかと思った。仮装行列のうまい人間が必ずしも立派な人間ではないように、学力が絶対でないことは十分承知の上である。

自分に合う生き方

ある意味で不道徳になろう。人間味のある、波乱に富んだ生き方をしたい。些細な規範に縛られて、一生を終わりたくない。

こんな文章を見つけた。

「自分で考え、自分の考えに従って行動する人間は、生命の強い人間であって、落第したり退学したりするし、人に迷惑をかけることもあるのだ。規則ずくめで、型にはまった教育をする今の学校で、規則を守り、教えられたことを間違いなく覚えて卒業する人間の方が、本当はもっと危険な人間かもしれないのである」

「間違いをし、恥をかき、失敗し、人に迷惑をかけながら、自分に合う生き方を見出す人間の方が、年を経て安定した人間になるのかもしれない」（伊藤整『文学と人間』角川新書）

補習科に最初の一週間だけは出るが、その後なるべく早いうちに手術を受けようと心を決めた。

歯車

歯車の歯がしっかり噛み合っていれば、たとえゆっくりゆっくり回転しても、長い間には大きなエネルギーを伝達できる。ごく僅かな加速度を加えるだけで、みるみる速度は上がって行く。逆に先を急いで空回りしてしまうと、何の成果も生まれない。

要するに背伸びせずに、今の自分のレベルに合ったものから、着実に勉強を始めようということだ。学ぶことが少しずつでも血となり肉となるように、ある程度の余裕を持って読める本から手をつける。

英語の本を読む時も、知らない単語・熟語が一ページに十以下くらいの本が、勉強の成果が上がる。化学、物理なども、まずは基礎的な原理を呑み込むために、じっくり時間をかけよう。

言葉なし

中学時代に成績を競ったF君が、ピカピカの銀杏の徽章（東大のバッジ）を付けて、ニコニコ顔で、

「本当にまぐれなんだ」

と言った。「まぐれ」か。あまり聞きたくない言葉だ。

下手に自分を慰めるよりは、慰めようのない立場にいる方がいい。ただ黙ってもう一度やり直すだけだ。

『三太郎の日記』

阿部次郎の『三太郎の日記』を買い込んだ。そして最初の数ページを読んでみて、先を読むのが恐ろしくなった。日ごろ自分が考えていることと、そっくりなことが書いてあったからだ。

三年四ヵ月前から「心のノート」を書いて来たが、その中味は雲をつかむような得体の知れないものだから、到底他人には理解してもらえないものだと諦めていた。しかるに、世の中にはこんな本もあったのだ。

淡々

少し前までは、ちょっとの間も独りではいられなくて、変な時間にいきなり誰かを訪ねたり、盛り場の騒々しさの中に気分を紛らしに行ったりしたが、最近は、たまには孤独を楽しむこともある。

「さ――て」と。どうやら来週手術の見込みだ。

三十日か四十日は、学校（補習科）を休むことになるだろう。これもいい経験になる。病気は頭で治すものではないから、病気であることなど忘れてしまってもいい。

父との闘いの日々

父親の傍にいると、心の明るさをどんどん奪われて行く。父親も、いつもイライラ、イライラしている。一緒にいるのは、お互いのために良くない。

今までの人生は、父親との闘いの連続だった。小学生の頃は、お互いにシャツをビリビリにして取っ組み合った。飛びつけば足払いをされ、飛びつけば足払いをされ、を繰り返した。

中学生の頃は、絶望的な口喧嘩の日々だった。家族と話し合うということを知らない父は、ただ「ばか！　気違い！」と怒鳴り、「まるで赤ん坊だね、お母さん」と、作り笑いをしながら、母に相づちを求めた。

母は、「議論イコール喧嘩」と考えていたから、僕が自分の意見を主張すると、「屁理屈を言うな！」と言う父と一緒になって僕を止めた。

高校に入った頃からは、じっとこらえることが多くなった。父が自分でも訳の分からぬイライラに悩まされ、そのはけ口をいつも探していることが見えるようになった。

幸い、明後日から二、三週間、病院に入院することになる。

入院生活

昭和三十七年（一九六二年）四月二十六日。

P病院の二一〇号室に入った。同室のあとの三人は、皆お年寄りだ。隣のYさんは、八十六歳。斜め向こうのIさんは、胃がんの手術を受けた五十代のお医者さん。

ボ――ッとして、毎日を過ごそう。

右を向くか、左を向くか、それとも天井を眺めるか、この三通りしかない。手足の格好をいろいろ工夫してみても、布団の中で取り得るポーズには、所詮限りがある。

ラジオを聴くもよかろう。しかし、音楽は体全体で聴く主義だから、一つの運動である。手術後の身だから、まだ運動することは差し控えようと思う。第一、ベッドの上ではツイスト一つ満足に踊れない。

「ツイスト」は、上半身と下半身を左右に早いテンポでひねるダンス。一九五〇年代末にアメリカで、一九六〇年代初頭に日本で流行した。

思想の伝導抵抗

社会科学分野のある本を読んでいたら、思いつくままにダラダラと芋づるのように続く文章に悩まされた。何を言いたいのかが終わりまで読まないと分からないが、途中に長い挿入句が入るので、なかなか文末に至らない。そのうちに、前の方を忘れてしまう。長い文を全部頭に刻み込みながら、頭に力を入れて一文、一文を読まねばならない。

電気を伝える電線に電気抵抗があるように、文章が思想を伝える時にも一定の伝導抵抗がある。それを極力小さくして、読むそばから頭にスラスラ入るような文章を書きたいものである。

こんなことを病室で考えていた翌日の五月三日夜十時前に、国鉄（現在のＪＲ）の三河島事故が起きた。東京都荒川区の常磐線三河島駅構内で、列車脱線、多重衝突事故が起きて、死者百六十人、負傷者二百九十六人という犠牲者が出た。

裕志は病院のベッドの上で、事故の様子をしきりに報道するラジオに聴き入っていた。それまで車中で陽気にふざけたりしていた人々も、一瞬の内に虐殺されたのである。

翌年百六十一人の死者を出した鶴見事故も含めて、当時「国鉄の戦後五大事故」と呼ばれた。

第七章　十九歳　深い谷から見えたもの

十九歳

昭和三十七年（一九六二年）の五月になった。今日、病室の中で誕生日を迎えた。しとしとと、久しぶりの春雨であけた十九歳。思えばもう、大人の世界の入口までやって来た。いつの間にか、ここまで来てしまった。十六、十七、十八歳の時、僕は何をしていたっけ。

プロ野球で堂々活躍中の尾崎行雄投手は、なんと十七歳だ。大鵬《たいほう》は、十九歳で入幕を果たし、二十歳で大関になった。テレビにステージに、背広を着て活躍しているハイティーン歌手は、ほとんど十八歳以下。ベストセラー『まあちゃん、こんにちは』を書いた山本祐義のように、文筆面でも何人かは既に頭角を現している。それに比べて、我輩は情けない。

〈尾崎行雄〉一九六一年夏に、甲子園で二年生で優勝。高校を中退して東映フライヤーズ（現日本ハムファイターズ）に入団し、一年目の一九六二年に二十勝九敗で新人王を獲得。一九六四年から三年連続で二十勝を記録し、一九六五年には二十七勝で最多勝。

〈大鵬〉樺太《からふと》出身。父はウクライナ人のコサック。新入幕の翌年の一九六一年に、二十一歳で横綱に昇進。

〈山本祐義〉名門イェール大学に留学し、母親に宛て書いた手紙集『まあちゃん、こんにちは』が一九六一年に出てベストセラーになった。

病室で

今お気に入りの歌手は、ザ・ピーナッツ、中尾ミエ、渡辺とも子、江利チエミ、森山加代子、坂本九、ダニー飯田とパラダイス・キング、ブラザース・フォー、スリー・サンズ、コニー・フランシス……。

消灯五分前の八時五十五分。柔らかい間接照明で、病室全体が控え目に照らされている。

シーンと、静まり返っている。

病院という全く異なった環境の中で、全く異なった種類の人々を相手に、既に二週間を過ごしている。間々苦しむこともあったが、総じて快い毎日だった。

病んだお陰で、Yさん、Iさんという稀な人物と寝食を共にして、得難い体験をした。

八十六歳のYさんが、

「隅田川でも竿出しゃ釣れるなぜにつれない汝が心」

という戯《ざ》れ歌《うた》を教えてくれた。この生活を通じて、自分のものの考え方に変化が生まれている。

ちょっぴり寂しいのも、ほろ苦い味付けになる。

Aさんにしみじみとした親愛の情を抱く。明日は、見舞いに来てくれる。

『ペスト』

お医者さんで今は患者のIさんからカミュの『ペスト』を借りて、七十ページばかり読んでみた。何とはなしに落ち着かないのは、第一に、いかにも翻訳調の文章だからだろう。

第二に、借りた本を読んでいて、

「うむ、これはいい文章だ」

と思ったら、それをどこかに書き取って自分のものにしてしまうまでは先へ進み難いが、病室のベッドの上ではそれがままならないからだろう。

歴史に残された約三十回の大きなペストは、合計一億人近い死者を出したそうだ。そんなすさまじい数字を聞いても、一向にピンと来ない。結局、「死」というものは、生きている人間にはまるで信じられないものなのだ。

「人間である以上、いつかは必ず死に至る」

といくら繰り返しても、自分にとっては、死など遠い遠い夢のように感じられる。

Iさん

「つまらんことだ。……つまらん、つまらん、つまらん。……どー―にもならん！……つまらんことだよ。……あーあ」

辺りに人がいることなど忘れたかのように、Iさんが先ほどから病室の中で独り言を言い続けている。急に鼻歌交じりになったりもする。

「バカヤロ！」

と、かなり大きな声を上げるのも、癖になっている。

医師のIさんは、

「弓倉さんは、浪人なのにとても明るくていい」

と言ってくれる。歳が離れているのに結構話が合う。そのIさんが、死を目前にしてその冷徹な事実と向き合いながら、胸の中から湧き出る言葉を抑えようとはしない。（この後しばらくして亡くなった）

退院

明日五月十七日に、退院することになった。

"Dig deep the very place where you stand on, then you will find a good spring."

「今君が立っているまさにその場所を、深く掘ってみろ。そうすれば、良い泉が見つかる」

という意味だ。新聞から切り抜いたこの英語が、裕志のノートに貼り付けてある。筆記体の達筆のメモの写真だ。

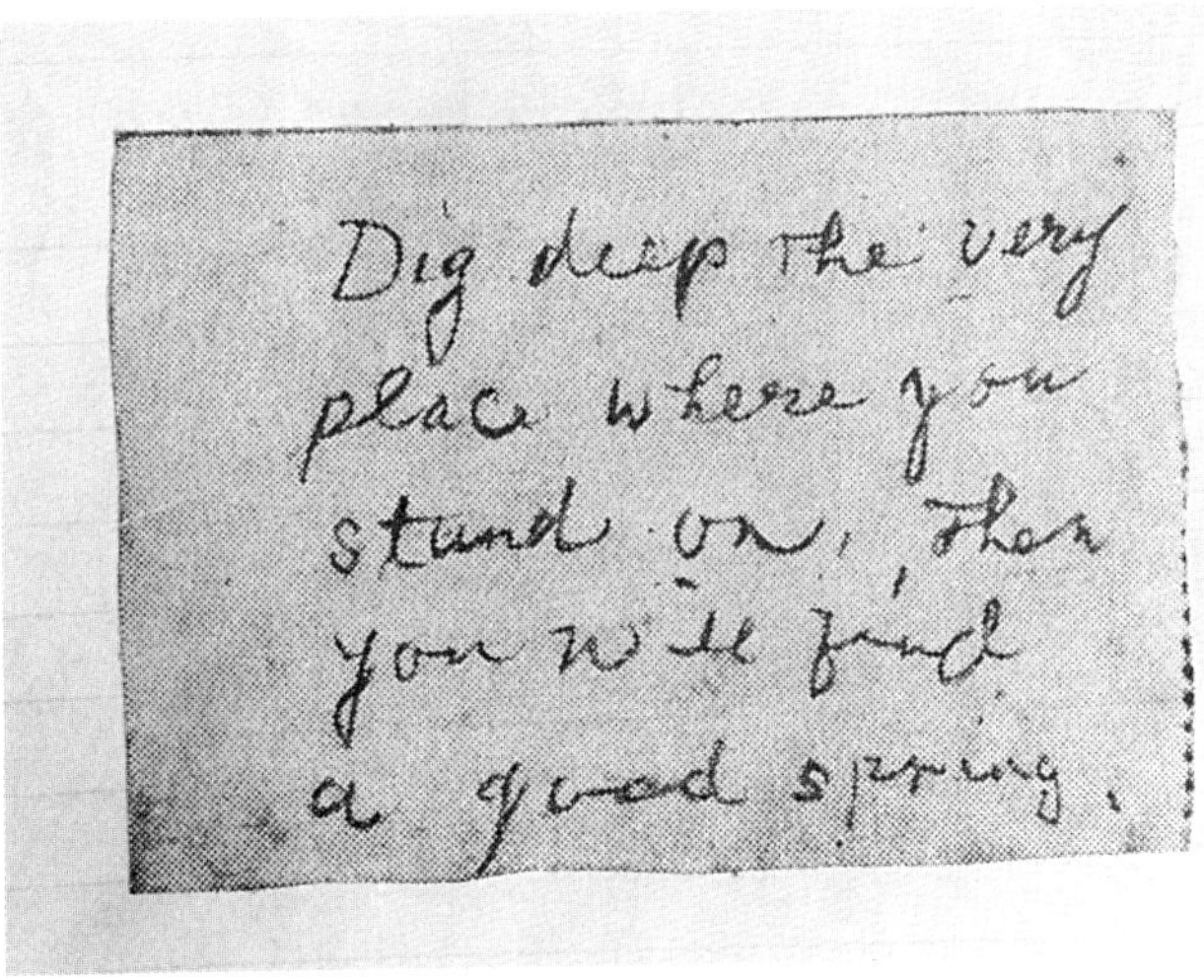
Dig deep the very
place where you
stand on, Then
you will find
a good spring.

この後裕志は、迷った時に何度もこの言葉を口にした。そういうおまじないとしては、いい言葉だった。しかし、あらゆる格言がそうであるように、この逆もまた真である。つまり、今の場所を捨てて思い切って新しい世界に身を投ずべき時もある。

調べてみるとこのメモの写真は、滝沢真弓氏が『朝日新聞』(一九六二・五・一四)に寄せた記事に載っていたものだ。何と今から百年前の明治四十三年（一九一〇年）に、信州に向かう汽車の中で、たまたま乗り合わせた蔵前高工(現東京工大)の機械科の学生が書いて渡してくれたものだそうである。

人類の暴走

いったいひとり人類のみが、かくも加速度的に突っ走ってしまったのは、神様の誤算であったのではないか。ほんのちょっとの作り間違えから、このような手のつけられない暴走が始まってしまって、今ごろ神様はすっかり慌てていると思う。

人類は、文明と呼ばれるもので地球を包んでしまい、宇宙に向かってまで手を伸ばし始めている。このような道をたどる必然性を持っていたのだろうか。そうだとしたら、これほど不自然なことはない。いろいろな動物、植物が調和し合って、この地球上に生きるのが必然であったのならば、人類は明らかに大自然の調和を乱す異常な生物である。

五十年前、裕志が高校生の頃は、まだ日本の中で無垢《むく》の自然や人情をあちこちで見出すことができた。しかし、今や日本の中でそのような場所を見出すことは難しい。世界の中でさえ、容易には見つからない。

この五十年で劇的な、不可逆的な環境破壊が進んでしまったことを思うと、我々の世代は、地球始まって以来の罪深き存在なのかもしれない。

体調

六月になったが、体調はどうも思わしくない。回復の見込みが立たない。悲しくもなく、嬉しくもなく、何も感情が湧いて来ない。

狭い北側の三畳に布団を斜めに敷いて、一日中ゴロゴロしている。独りだけでいると、感覚が世間からずれてしまう。大学入試なんて、他人事のように感じる。あーあ、思いっきり笑い転げたい。

夢

自分が見る夢に、我ながら驚く。息もつかせぬテンポで、思いがけない方にどんどん物語が展開して行く。予想もしないものが、突然目の前に現れる。誰の力も借りないで、自分の頭の中だけでこのドラマが作り出されているのだ。

再入院

その後も、体調は良くない。六月十五日に、再びＰ病院に入院して手術した。入院三日目。今日は熱もある。学校には、長いこと行っていない。

夜になっても、読んだり、書いたり、考えたりしたい。消灯時間が来ても少しも眠くならない。

明日二十日に、ひとまず退院する。しばらく様子を見て、夏休みごろ、もう一度手術の予定だ。

このころ担当のS医師は、裕志の病巣のありかを全くつかんでいなかったことが、後に明らかになった。見当外れの場所を手術して、裕志が、「深いところが痛い、深いところが痛い」と言うものだから、「様子を見ていた」だけであった。それでいて、分かったふりをしていたのだから、迷惑な話だった。

病院巡り

仲間は毎日補習科で、五時間も入学試験勉強に集中している。こちらは、雌伏《しふく》一年、麦踏みの一年だ。

明日七月十日はE医師の診察を仰ぎ、十一日は東大病院に行き、十二日は関東中央病院に行く予定だ。気にしない、気にしない。

E医師は、「これは、逃げてはいけません」とだけ言った。この時は、どの病院でもはっきりとした診断が下されなかったが、既に患部は広範囲に化膿していた。

Aさんからの電話

「今夜あたり電話がかかったらいいな」と期待していたのに、いざ電話があると、何を話していいのか分からない。話したいことがあって電話を待っているのではなく、ただ電話がかかって来るのがひどく待ち遠しい。いざとなると思うように話せないで、後で寂しい思いをする。

逃げ腰のまま

前二回と同じ病院にまた入院した。覚悟ができないうちに、前向きの心構えができないうちに、逃げ腰のまま病院に入ってしまった。

中学時代の同級生H君が一年間のＡＦＳによるアメリカ留学（一七〇頁）から帰ったことを、昭和三十七年（一九六二年）七月二十一日の新聞の片隅で知った。

誤解

人の誤解と偏見を恐れずに、勇気を持って自分の考えを貫き通すところに、僕の僕らしいところがある。ただ、そのためによく悶着《もんちゃく》が起きる。岡本太郎は、

「誤解される人間の姿は美しい。誤解のカタマリのような人間こそ本当だと思う。（中略）人間が純粋であればあるほど、強烈にその実体と異なった様相が他に働く、それが正しいのである。（中略）誤解をうけるには、純粋と勇気がいる」（『朝日新聞』一九六二・七・二〇）と称えてくれてはいるが……。

どの科目も人間的

受験七科目は、次のようなものだ。

（1）文学（現代文・古文・漢文、英語）……人間の心

（2）人文科学（日本史、人文地理）……人間集団の、時間的・空間的な動き

（3）自然科学（数学、物理、化学）……人間を取り巻く自然の中のルール

「考えてみればどれも人間に関わるもので、案外面白いではないか」と、感じ始めている。浪人して学校という組織の束縛から解放されたら、そう思えるようになった。

文学

「石鹸の泡立ち秘かに楽しみて肉弾み来し娘の背流しぬ」（中村富美、『婦人公論』昭和

三十七年七月号）

自然な、健康な、美しい、微笑ましいエロティシズムだ。

東大仏文科を出た、ある中学の先生と話した。そして、「文学そのものを真っ向から見つめて暮らすことは避けたい」と思った。他の仕事で生活に一応の安定を得た上で、文学・芸術は趣味として、のびのびとやりたい。

退院はしたが

八月十六日に退院した。

不安、痛み、不自由と付き合う毎日でありながら、病院では、一日一日を結構楽しく送った。人間関係に救われた。優しいお姉さんの患者もいた。

しかし、体の深部の重苦しい痛みと不快感は、むしろひどくなっている。

「みずならの林をわけてゆく子らの足の朝露手のかぶと虫」（長峯清文、『朝日新聞』一九六二・八・二六）

父親の説教

健康の大切さを、今自分が一番痛感している。それなのに、今夜は父親の執拗《しつよう》な言葉が続く。そう責め立てられたって、僕の体が丈夫になるはずはない。

「体のない者（体力のない者）は、全く失格だ。親は悪いことを言うはずはないんだから。子供のためを思って言っているんだから」

「ともかくもう、体がなきゃ、何やっても駄目ですよ」

そういうセリフが、すべて母親に向かって投げつけられる。僕の方を見ることはない。

「あと半年の辛抱。あと半年の辛抱」

と、自分に言い聞かせる。

結局、今、何をなすべきか。

第一に、大学入試に対処すること。この現実と、何とかうまく折り合わねばならない。

第二に、悪化するばかりのこの病と、何とか気長に闘い、少しずつ体力を回復して行くこと。

この二つに専念することだ。

当時、裕志は父親の口から、叱責《しっせき》、小言、忠告、命令、問《と》い質《ただ》し以外の言葉が出るのを想像することができなかった。父親は、それしか家族とのコミュニケーションの手段を持っていなかったのだ。

受験への疑問

浪人の九月も、終わろうとしている。

今、受験勉強に頭を突っ込んでしまっていることが誤っているのかもしれない。そのこと一つが、すべてを狂わせているのかもしれない。自分の持ち味や個性をあますところなく発揮すること、それが本当の人生ではないだろうか。東大に進むべき人は、僕より他にあるように思う。

「なぜ東大なのか?」

その問いに、裕志は確固たる答えを見出していなかった。迷いつつも、

「私立に行くような経済的ゆとりはない」

「東大に受かれば、病気に負けなかったということにはなる。世間にも胸を張れる」

という程度の気持ちに流されていたというのが正直なところだ。

夢想の家

阿部次郎の『三太郎の日記　第一』の「六 夢想の家」に、「快く、暖かに、柔かに其中に住み、静かに読書し思索し恋愛し団欒《だんらん》し休息し安眠するが為に住宅の功を起こすのである」と描かれたような家を、将来何とか実現したいと思う。「衣食は質素平凡でも、住には贅沢をしたい」と、数日前にY君に語ったばかりだ。

家庭の中に安住する場所のなかったこの当時、「いつか自分の理想の家を得たい」という裕志の思いは痛切だった。

勉強観

十月になった。

数学の面白さをじっくりと味わう。その式や図形の美しさを楽しむ。朋友の心の内を訪ね、未知の世界を案内してもらうような気持ちで、英文、古文、漢文の書をひもとく。万事、その調子で行けばいいのだ。慌《あわただ》しく向きになって勉強する必要などない。

勉強との付き合い方が、以前とはすっかり変わっている。勉強に反撥《はんぱつ》しないで、ゆったりとした気持ちで、仲良く付き合うことができる。適度な勉強は心の糧になると思えるようになった。

鈍痛

毎日毎日、不気味な鈍痛と不快感に付きまとわれているのは、たまらない。
しかし――と言わねばならない。あと五ヵ月を何とかやり過ごそう。幸いこの北側の狭い三畳に、cozyな（こぢんまりとした居心地の良い）自分の世界を持つことができそうである。誰にも邪魔されない世界だ。

この頃の裕志の「心のノート」に、新聞のチョコレートの広告が飛び飛びに貼り付けてある。どれにも、明るく健康そのものの若い男の写真が使われている。コピーは、女の子のセリフだ。

「五郎クンはコーヒー〈なまいきだから〉」
「タケちゃんはキャラメル〈宿題てつだってネ〉」
「健ちゃんはバナナ〈すてきなんだもん〉」

当時憧れていた世界だったのだろう。『朝日新聞』（一九六二・一〇・七 夕刊）の不

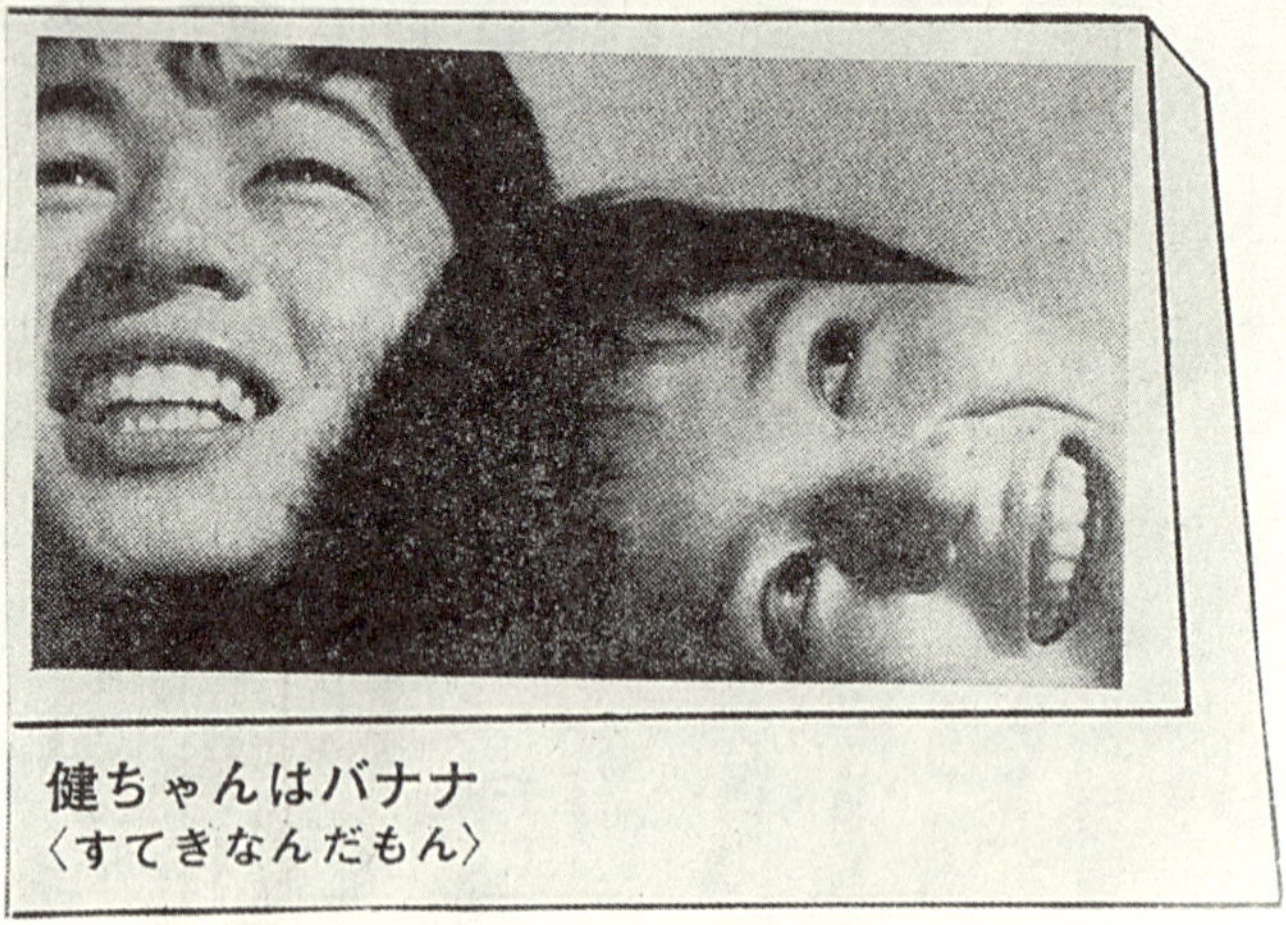

二家の広告に使われていた写真を切って、バラバラに貼ったものだった。

汗して得た思想

昨夜、文鳥のトッピー死す。昔はよく、手に乗せて遊んだ。

模試に出題された文章の中に、次のような一節があった。

「肉体化された思想というものは、今日ではますます稀になった。現代人は、思想の缶詰を食って生きているように見受けられる。自分で畑を耕し、種子をまき、風雨に堪えてやっと収穫したというような思想に出会うことは稀だ。たとい貧しく拙劣でも、自ら額に汗して得た思想を私は欲しい」（出典不明）

このように共鳴する一節を見出し、それを過不足なく取り出して、一つ一つの言葉に自分で新たな命を吹き込むのは楽しいことだ。

画期的な受験勉強法

「仕上げ期の生活設計」

楽しくのびのびと、適度の勉強をする。気の進まぬところは、後回しにしてよい。

十時に勉強を終え、十一時に寝る。


十月中旬の「心のノート」に、こんなメモが貼り付けてある。

裕志はこの時期、ある画期的な受験勉強法を思いついた。それが思わぬ効果を上げた。

後に裕志は、自分の息子たちにこの方法を次のようにして伝えた。


まず、考えてみよう。誰でも教科書や参考書を一ページから順に読んで行って、その内容を十分に理解し、かつ記憶するのは容易なことではない。たとえじっくり読み、ひと通り理解できたとしても、どんな角度から聞かれても正しく答えられるほど頭に叩き込むのは、至難の業だ。

そのような苦労をせずに、楽しみながら短時間に、試験で相当良い点を取れるようになるのが、以下に紹介する方法だ。

◇用意するのは、適当な問題集だ。志望校や、それと同じレベルの学校の過去の入試問題集、適当な模擬試験問題集がいい。まだ勉強していない範囲の問題があっても構わない。問題集を出発点にして勉強する方法だからだ。

◇問題が何を尋ねているのかを正確につかむために、丁寧に問題を読む。本番でも、ここを慌ててやると、後にかけた時間が全部無駄になる恐れがある。問題は少なくとも二度、ゆっくり読む癖を今からつける。

◇自力で問題が解けたかどうかは、重要ではない。巻末の正解を見たければ、見てもいい。問題と正解が分かったところから、勉強がスタートするからだ。

◇問題の完全な答と、納得のできる背景説明を見出すつもりで、教科書や参考書の関連部分を何冊か読み比べる。

以上を、繰り返すのだ。この方法の特長は、以下の点にある。

◇「この点を知りたい」「それがなぜだか知りたい」と思って本を読むと、漫然と読む時に比べてずっと興味を持てるし、よく頭に入る。「問題意識を持って読む」効果が大きいのだ。

◇一つのテーマについて何冊かの本を読み比べると、本によって光の当て方や表現方法が違うので、その問題が立体的に見えてくる。

◇試験によく出るところは、いろいろな角度から何度も勉強することになる。逆に、試験に出ないようなところは勉強しなくて済む。

問題は、必ずしも一番から順にやって行かなくてもよい。良い問題とそうでない問題があるから、やり始めて「あまり良くない問題だ」と思ったら、飛ばしていい。直感的に面白そうだと思う問題、取り組みやすそうな問題からやって行く。

こうして一題征服する毎に、実力は確実に伸びる。勉強済みマークのついた問題が少しずつ増えるのは楽しい。

これは短時間学習法だが、慌てて沢山の問題をやっては駄目だ。「これはいい問題だな」と思ったら、じっくり時間を掛けて、何冊かの本を読み比べて、答が十分納得できるまで研究する。そうすると、その後同類の問題に出会った時に、楽に解ける力がつく。勉強の楽しさも味わうことができる。

問題集から出発するこの勉強法は、最初は社会などの暗記科目に特に有効だと思ったが、結局どの科目も、興味が持てて効果的だった。たとえば英語でも、問題と答を知った上で、その答が納得できるまで辞書や参考書を読むと、重要な点がよく頭に入った。

勉強が大きく遅れていた上に、病気であまり勉強時間が取れなかったので、「どうしたら道が開けるだろうか」と必死に考えている内に、たまたまこの方法を見出した。

後年社会に出てから、裕志は「記憶する方法」についても、あるヒントを得た。それは、逆説的だが「覚えよう」と思わないことだ。

韓国に駐在していた時に、韓国語の個人教授の先生が韓国の歌のテープを次々と持って来てくれて、歌詞の意味を一緒に勉強した。先生が帰った後、何も考えずにひたすら繰り返しテープを聞いていたら、いつの間にか三十曲を一番から三番まで自然に覚えてしまった。

人は「覚えよう」と一生懸命努力したからと言って、覚えられるものではない。覚えよう、覚えようと頭に力を入れると、頭が疲れるばかりなので勉強が苦痛になる。そのうち、「自分は記憶力が弱い」と思ってしまう。

裕志も自分の記憶力は人より劣ると思っていたが、覚えようなどと一切考えずに、ただ単純に何度も繰り返していると、人は驚くほど多くのことを自然に覚えてしまうことが分かった。

新しい医者

今までの医者とは違ういい医者を見つけたようだ。

昭和三十七年（一九六二年）の十月半ばになってこう書いてはいるが、確信はなかった。独特の治療法を売りものにするその開業医は、裕志を診察するや、今までの医者の治療の仕方を口を極めて酷評した。それは真実とも取れ、患者を呼び込むための営業的な言葉とも取れた。

ともあれ、ワラにもすがる思いでいた裕志は、入試前と入試後にこの医者の手術を受けることになる。そこで病巣は突き止められ、大量の膿が出、体の深部に絶えることのなかった重苦しい鈍痛は、ようやく軽くなっていく。

しかし、紐で患部を締め上げて切り開いて行くその独特の手術は、何週間もの苦しみを伴った。

志望校に迷う

慶応に、惹かれるものがある。しかし、この病気でかなり金を使うし、また入学後には、絵画、写真などにできるだけ金をつぎ込みたいから、現実問題としては国立に行くべきだ。

再び、慶応の方がいいのではないかと大いに迷う。最近、不眠症がつのって来た。芯から疲れ切っているのではないか。そうまでして東大に入る必要などない。

本来、僕は私学タイプだ。青雲の志を立てて学問に没頭する型の人物には、東大もいいであろうが、ゆったりとした気持ちで、教養として学問をしようとする者は、慶応の方が何かとうまく行くのではないか。

四度目の入院の決意

十月末。痛みと不快感がますますひどくなっている。このまま入試までの四ヵ月を過ごすのはたまらない。思い切って、入院しようと思う。新しい医者の独特の療法に、無心で身を任せよう。明日病院に行って、手術の手続きをする。

人間の視点

"The human race itself, from its obscure beginning to its unknown end, is only a minute episode in the life of the universe." (Bertrand Russell)

「人類というものの存在は、そのぼんやりとした始まりからいつ訪れるか分からない終焉《しゅうえん》まで、宇宙の歴史の中では取るに足らない些細なエピソードであるに過ぎない」という意味だろう。その通りだと思う。

路上を行き交う人々の足の下で、たまたま踏み潰されてしまった蟻《あり》と、三河島事故によって一瞬にして殺されてしまった人々との間に、宇宙の視点から見れば、何の違いもなかろう。しかし、人間の視点から見れば、蟻の死は取るに足らないことであり、三河島事故は泣き叫ばねばいられない大事件である。人間は、結局人間として生きる以外にない。人間の視点から幸福を追求し続ける以外にない。

殺生《せっしょう》を戒める仏教は、このような考え方を受け入れない。この二十数年後に裕志がタイに住んでいた時、小学生の息子たちを連れて、バンコクの西のローズガーデンに行った。そこで息子たちが虫取り網を持ってトンボを追いかけたら、一人の男性が顔色を変えて走り寄って来て、「なぜそんなことを子供にさせるのか」と裕志を厳しく責めた。

自分の使い道

一体俺には、どういう使い道があるのか。何を拠り所に、これから生きて行くのか。今までの温室から放り出されて、「自分の腕一本で生きて行け」と言われた時、何と弱々しく臆病なことか。

畳の病室

今日十月二十九日に入院し、もう既に第一段階の軽い手術が済んだ。

淡いグリーンの壁紙が、所々うっすらと汚れている。南と西に、模様の入った透明ガラスの大きな窓がある。入口と戸棚は、こげ茶色の板戸だ。天井もこげ茶色のテックス（軟質繊維板）であること。そのために部屋が暗い。難を言えば、緩い傾斜のついた舟底天井に取り付けられた蛍光灯がまぶしい。

七畳半の病室に、四十歳近いおじさんと二人で、かなり静かだ。畳の上に布団を敷いて、まるで下宿にでも転がり込んだような気分である。

昼ごろ手術して、薬のために眠り続けた。気持ちが良かった。今は、夜の八時半ごろだろう。本番の手術は、何日か後になる。

昨日、今日と、ひどく痛い。今日は、この広い部屋にひとりになった。鏡を見ながら、自らの境遇を嘆き悲しむことなかれ。

毎日病室にいても、新聞は無限の泉である。芸術、文化、愛、哲学、家庭、教育……。

十一月四日になった。今日もまた、天井の二本の蛍光灯に、「パッ、パパパッ」と灯りがついた。

明るい朝の光が気持ちよい。今一時、平和な気分を味わう。しかし、身も心も疲れている。夜がまた来た。天井の二本の蛍光灯が、ひどくまぶしい。

一時、一時の苦痛を、何とかやり過ごす。昨日までの苦痛は忘れ去り、明日以後の苦痛は、明日以後に任せる。この積み重ねによって、遂には大きな苦しみをも克服したい。

本番の手術

十一月九日だ。全身麻酔から覚めた心地は、悪くない。午後一時ごろに手術。その後、六時半に一度目覚め、また八時半まで眠った。

麻酔から、すっかり覚めた。体の奥が、グングンと痛む。しかし、本当の痛さは、糸を締め始める明後日ごろからだ。

鼻の下と、顎《あご》の先のまばらなヒゲが、七ミリくらいに伸びて来た。右へ左へと、ひねくれて伸びている奴もある。唇は、秋も深まったので、カサカサしてきた。一つ、二つ、赤いかさぶたも付いている。

しかし、目は澄んでいる。今、何気なく眉間《みけん》に深い皺《しわ》を作って「カーッ」と、口を開いてみた。この顔で、この顔で、これから一体、いかなることをやってのけようと言うのか。

「苦しい！　胸が、苦しい！」

「お母ちゃん！　あは、あは、あは……」

「助けて、助けて！」

こんな風にうなされて苦しむ人を、初めて枕元でじっと見守った。その婦人のつぶった両目に、涙が滲《にじ》んでいた。激しい息遣いだった。昨日、僕と相前後して全身麻酔で手術を受けて、もう一回手術する必要があると言われた、すぐ後だった。

雲が動いて、窓の飾りガラスが急に輝き始めた。思わず顔を歪めて、肘で両目を覆うと、つぶった両目の奥に、不思議な形象がうごめいていた。と思う間に、右の隅の方から灰色の影が伸びて来て、やがて全体を覆いつくした。太陽は雲に隠れていた。

Aさんは北海道土産の木彫り人形を二つ置いて、慌しく帰って行った。夜の十時近くに、僅かな時間を見つけて見舞いに来てくれたのだ。

拷問

十一月十四日。正真正銘のtorture（責め苦）の真っ只中に入った。ここ数年、道を踏み外していい加減に堕してしまったその罰だ。新しい自分の生みの苦しみ、脱皮の苦しみだ。治療後四時間を経て、今やっと普通の苦痛にまで立ち返った。枕元の畳は、さんざん引っかかれて、細かいワラ屑が散っていた。しかし、これから何週間か、この肉体的苦痛に苛まれることに、何か意味があるように思われて来た。罰を受けることが、必然のようにさえ感じられる。

今夕は、中学の友人が二人、高校の友人が二人、訪ねてくれた。嬉しかった。

治療の後は何時間か畳を引っ掻き回し、頭をシーツにゴシゴシ擦りつけ、悲痛なうめき声を漏らす。しかし、黙々と闘うと決めている。苦しみが大きければ、それを乗り越えた喜びも大きいはずだ。今が谷底なのだ。

僕は、政治家、俳優、歌手、アナウンサー、セールスマンには向いていない。作家、画家、写真家、学者には向いている。

この最後の二分類は、生身の人間で勝負する「直接型」と、作品で勝負する「間接型」という分類であった。

大気と大地の中へ

死んだ瞬間、人間は人間でなくなる。人間でなければ、我が死を決して悲しむまい。たとえ若くして死し、人生の一大計画が中途で挫折したとしても、人間でなくなった当人に、何の未練があるだろうか。悲しむのは死人を取り巻いている、生きている人間だけである。

今、自分が生ある人間である以上、大いに夢を持ち、大いに活動するのが自然であるが、その後のことは知らぬ。人は死して後、水素、酸素、炭素、窒素、燐《りん》、硫黄《いおう》などにバラバラになって大気と大地の中に溶け込んで、そして終わるのである。

耐えがたい病苦の中で浮かんで来た裕志のこの死生観は、その後も変わることがなかった。この十ヵ月前に『リンゴの木』の中で見つけた英語の表現（一八三頁）とも通じる。

闘いは続く

十一月二十日。中学時代の友人のOさんが病院に来てくれて、ワァワァと三時間余りもしゃべり合った。しかし、今は闘いの最中にいることを忘れてはいけない。

夜の十時になった。眠るべき時が来た。いつもの夜鳴きソバの笛の音が聞こえた。ややもすると、心が負けそうになる。負けはしないけど、逃げ腰になりそうだ。

二晩続けて眠れず、疲れてしまった。

俺は、この苦しみから抜け出した時、生まれ変わる。

小さな男の子たちが、さっきから外で夢中で遊んでいる。遊び方を皆で工夫し合ったり、子供っぽい議論をしたり、時には、辻褄《つじつま》の合わないことをわめき合ったり……。その声だけを、布団の中で、ただぼんやりと聞いている。

十一月二十五日。新しい朝を迎えた。痛い。しかし、またゴールに一日近づいた。
大器晩成、という言葉もあったっけ。これからうんと勉強したい。
白黒の世界――映画でも、写真でも、白黒はいい。
音楽は、完全なる抽象芸術である。

辛い夜だった。一刻一刻うめきながら、一夜千秋の思いだった。
今、午後一時四十分を回って、ようやくこうして鉛筆を取る。頭が重い。不快この上ない。
写真をやりたい！（後に写真は、一生の趣味となった）
しかしねぇ。徹底的に痛めつけられたね。精神的にも、肉体的にも、ギリギリの線まで追い詰められた。あと一歩で、気が狂いそうだ。

糸が取れた！
看護婦さん「よくがんばったね」
院長「坊や、嬉しい顔、こっち見せなよ！」
布団にもぐって、ホロホロと、無言の涙をこぼした。十一月三十日になっている。

この病院の治療法は、全身麻酔をした上で、患部にとても丈夫な糸を通し、一日置きくらいに、男の医者が「ウン、ウン」とうなりながら、力一杯糸を締め上げるものだった。その糸で患部を切り開き、糸が通りすぎた所は徐々に肉が付いて行く。糸を締められると、ウェストの周りにロープを巻かれ、それを絞り上げられるような苦しさと、激痛が襲って来た。「糸が取れる」時が、その手術のゴールだった。

娑婆《しゃば》に出る準備

十二月五日。しめやかに、雨が降っている。薄暗い朝だ。雨だれの音が、少し不規則に、ポタポタと聞こえる。

手術後初めて風呂に入った。鏡を見たら、「これが俺の体か?」と思うほど、やせ細っていた。

「これは、何をおいても、体を作ることが先決だ」

と思った。

それでも今日は、一人前の洋服を着て、街をひとりで歩いた。商店街で見るものすべてが珍しかった。本屋でちょっと立ち読みし、肉屋さんでチーズを買い、八百屋さんでリンゴを買って、

「どこまで歩けるか、どこまで歩けるか」

と思いながら歩いた。これが「娑婆に出る」ということかと思った。

補習科の仲間は今日と明日、模擬テストを受けているだろう。今、八時三十七分だ。ちょうど一斉に鉛筆を動かし始めた頃だ。

「おはようございます！」

今日はいい天気だ。正月も、そう遠くない。夕方、補習科の三人が来てくれた。久しぶりに彼らを見て、感ずるところなきにしもあらず。

今夜も、夜鳴きソバが通る。眠る時間だ。まだ傷は痛む。

十二月十日。今朝、布団から立ち上がると、頭が妙にフラフラする。この二、三日、夢ばかり見て、眠りが浅かったせいか。それとも貧血気味なのか。全身の衰えなのか。立ってさえいられない。手洗いに行くのも不安だ。

この春は、どうしようか。東大を狙うつもりだったが、勉強よりも体作りが第一のような気がする。病院で大人の中に混じって暮らしているうちに、あと一年くらい浪人しても何でもないと考えるようになった。

一方で、受験勉強は性に合わないし、おっとりした私立大学に行った方が、自分のためにもいいような気もする。

いろいろ迷うが、この春から入院・手術で十五万円くらいは使ってしまったので、このまま浪人を続けたら家が困るだろう。やはり月謝の安い東大をこの三月に狙おうか。つかみ所のない感情が、体の中を漂い満たす。


まず体を元気にして、この三月は……（と、国立・私立の六校を列挙）のどこかに入ろう。どこに入っても満足だ。入ってから、自分の道を開拓する。

温めたばかりの湯たんぽが、少し熱すぎる。小さなトランジスタ・テレビが、腰の脇でさっきから活躍している。「判決」というなかなか良くできた和製ドラマにじっと見入っていたが、九時にそのドラマが終わったら、ちょっと低俗なチャンバラものが始まった。


十二月十三日。

四十六日ぶりに今日退院する。しかし、家に帰るのは気が進まない。

老いる父

このごろ父親は、とみに老け込んできた。目はしょぼしょぼし、口の周りは小じわだらけになり、首には血管が浮き出ている。おじいちゃんになった。

今、僕の後ろで、正月に備えて障子を張り替えている。どうもうまく行かないらしくて、先ほどから独特の舌打ちが絶えない。ため息が出る。独り言が出る。子供のように正直な人だ。

父親は、「栄養がない」と聞くと、その食物を、まるで毒物のように近づけない。人に「あれは体にいいですよ」とか、「これは体に悪いですよ」と言われると、少しの疑いもなく信じ込んで、その忠告を守り通す。すべてこの調子で、六十歳まで来た。

やはり、金のかからない国立大学に行きたいと思う。

良くできる子

今は、小学校から高校まで、毎日目前の予習・復習とか、試験に気を取られて過ごす。そして、コツコツ勉強していい点を取る子供が「いい子」扱いされるので、努力家で几帳面な子供は、皆、優等生へと育てられて行く。学校の教科課程の枠からはみ出したら、まるで将来の生活を放棄するかのようなイメージさえある。

多くの親たちが、子供の「さんすう」「こくご」「りか」「しゃかい」などの点数に一喜一憂して、どこかの子が一番を取ったなどと聞かされると、神秘的な価値を信じて疑わない。そんな親たちは、「学問の尊さ」を悟っている訳ではない。打算的になって、学校で勉強ができれば子供たちに素晴らしい将来がやって来ると考えているだけのことだ。

しかし、学校でずっと優等生のレッテルを貼られて来た人物が、権力を得てからは私服を肥やし、代議士になって国会で乱闘し、牛歩作戦や子供のような喧嘩をしているという現実もある。

学校の成績はあまり気にせずに、育ち盛りにあらゆることをやってみて、人それぞれの個性と才能を発見することが、幸福のための必要条件だと思う。

自分の価値観や信念を持っていなくても、教師や親から与えられた規範にひたすら忠実であれば優等生になれる。しかし、小中学生くらいまでならまだしも、いつまでも与えられた規範に疑問を差し挟まないのでは、自分の考えがなさ過ぎる。あるいは、非常に打算的なだけだ。

やがて世の中に出て、誰も指示してくれる人がいなくなった時、しばしば優等生たちは迷走を始める。裕志が思っていたのは、そういうことだった。

道徳教育

昭和三十八年（一九六三年）一月二日。

テレビの年頭所感で、文部大臣が「今年は、道徳教育一本で行くつもりであります」と言った。父親は、「ドトク・キョウイクだって。ほら、ドトク・キョウイク」と言いながら、僕の方を横目でジロッ、ジロッと見た。「よく聞いておけ」という目付きだった。僕が、「道徳などぶち壊せ」と考えていると誤解しているのだ。

愛撫

一月三日の『日本経済新聞』の「人間開発」には、幼児期の性格形成に母親の愛撫が果たす役割が大きいと書かれている。その傍に、四匹の小猿が体を寄せ合った写真が載っている。母親は幼児と、青年は恋人と、老人は孫と、温かく頬を寄せる。優しい愛撫は美しい。二年余り前に新聞に載った小山いと子の「庭で」という小文を思い出す。

そこには、以下のように書かれていた。

「（寄って来る池の中の鯉を）片手に載せ片手でなぜてやると、さも気持ちよさそうにじっとしている」

「愛撫を本能的に求めるもののようだ」

「魚のはだはただの冷たさではなく、なめらかで粘稠《ねんちゅう》で弾力に富み、一種の性感に近いものがある」

「（猫も犬も）しっぽとか前足とかを必ず私の足に寄せてすわっている」

「生きとし生けるものすべて、何かしら愛の対象を求めているのだろうか？」

（『日本経済新聞』一九六〇・一〇・一五夕刊）

新年の集まり

一月四日、Aさんの家に中学時代の友人が男女二人ずつ集まり、夜の十時まで時間を忘れて大いに楽しんだ。夕食前は、トランプ、花札、坊主めくり。夕食後は打ち解けて語らったが、話は尽きなかった。

今日五日の夜は、ラジオの座談会「日本の生命力」（文化放送）の終わりの方を聴いた。「いい社会を作るには」と、さまざまな方向から熱のこもった議論をして行くと、「結局は、教育だ」

と異口同音に叫ぶことになる。

父と母

夜、父親が帰って来た。台所の戸をガラリと開けるなり、辛らつな口調で母親を非難する。昼間、廊下の日の当たる所に出しておいた布団が、そのままになって冷えていると言うのだ。黙々と食事が続くうちに、ハッと思いついたかのように、

「お母さん、今日みたいに他におかずのある日は、こんな鮭は多すぎますよ。二人に一切れでいい」

父親は本当は、家の者に甘えたいのだろう。そういう気持ちが起きれば起きるほど、辛らつな言葉が出る。

母親は、父親の言葉を「気にすまい、気にすまい」と精一杯努力している。しかし、気にしていないのは、表面だけだ。今日も、父親が帰って布団に関する第一の小言が飛ぶや、急に母親の言葉がぶっきら棒になる。「ごはんよ！」という言葉に苛立ちがこもる。

このごろは、母親もいつもイライラしている。今日の午前中、手術の跡が痛み様子がおかしくなったので、また不安がつのった。ちょっとそのことを母親に漏らすと、

「お母さんに言っても、どうしていいか分からないじゃないの。今日、出かけてもいいの？

いけないの？　ねえ、言ってよ」

悲しい言葉だった。母親を知る人々には、意外なことだろう。

術後の経過

もう、一月も終わろうとしている。

この一週間あまり、手術後の経過が良くない。妙に痛かったり、重苦しかったりする。看護婦さんの「この間まで、調子が良かったのにね」という言葉が、不安をかき立てる。

たわいのない夢を一つ書こう。真新しい硬表紙の数学の本を一、二冊持って、山の中の静かな温泉宿に、ひとりで行ってみたい。半日は、心行くまで数学の美しさを味わい、あとの半日は、湯につかったり、山間の道を散歩したり、土地の人たちとざっくばらんに話し合う。その中には、明るい娘さんも一人いてほしい。ゆったりと、体と心を休めたい。

百冊に一冊

有島武郎『或る女』前編を一息に読んだ。女は、細かい心理描写も含めて丹念に描かれている。かなりの共感を覚えた。しかし、男が描けていないように思う。後半の木村という男があまりにも不甲斐なくて、読むに忍びぬほどだった。

小説を書くには、桁外れの想像力がいるのだろう。あたかも目を開けたまま、長い夢を見て書くようなものだと思う。

自分に合った、血の通った良い本を見つけることに努めたい。小説でも学問の本でも、本当にいい本は百冊に一冊か二冊だ。その僅かな逸品《いっぴん》に巡り合った時は、とても嬉しい。そういう本は、読み終えたら最初に戻って、もう一度じっくり読む。

通院しつつ

二月に入った。

今日は寝過ごして、九時四十分に起きた。十一時前から机に向かって、地理を辛抱強くいじり回してみたが、一向に気が乗らない。どこから手をつけていいのかも分からない。それでも一時過ぎまで、ともかく地理と付き合った。

昼食の後、今度は物理や英文解釈に取り組もうとしたが、今度こそどうしても頭が働かない。諦めて病院に行くことにした。

毎日病院に通っている。往復と治療で三時間近くかかる。昨日は四百四十円、その前は四百円も治療費がかかった。普段も三百円くらいかかる。交通費も馬鹿にならない。一ヵ月にいくらかかるのだろうと考え出すと、嫌な気分になる。重い体を物憂げに動かして病院まで行ったが、帰りの電車の中でも憂鬱だった。

夜、勇気を出して久々に化学にむしゃぶりついてみたら、一、二時間手応えのある勉強ができた。考えてみれば、東大の二次試験までまだ一ヵ月ある。やれることは、いろいろある。

今日は一日かなり手応えのある勉強ができた。夜十二時に湯船にゆったりとつかった時は、充実感を覚えた。しかし、この寒い暗い部屋で、毎日こんな生活を続けるのかと思うと嫌になる。病院に行って、「まだ顔色悪いね」と言われると、胸が痛む。

あと二十九日、無心で勉強する。大学に入ったら、自分が打ち込めるものを探して、それに全力を傾注したい。

勉強が面白い

たとえば東大の物理の試験問題などは、学問の本道から外れているとは思えない。十分に勉強したら、さぞ面白かっただろうに。そして、自信満々で試験を受けられたのに。

数学の面白さをかなりのところまで味わえるようになったのは、嬉しい。たとえ本番で何題か解けなくても、その問題の味を噛みしめることはできる。

今日は、勉強が面白かった。物理、日本史、英語に手応えがあった。

英語の勉強は軌道に乗っている。英文解釈問題が三百三十題載った問題集を愛用している。その問題を、真っ黒になった辞書を使って、独特の「語法ノート」を作りながら読む。奇数番号の問題だけをやって、今、二百番を越したところだ。一題一題をじっくり読み解いて行くと、英語表現の楽しさが分かる。辞書の例文もマメに読んでいる。目や口に慣れ親しんだ例文も多くなった。このようにして、少しずつ力がついて来ているのを感じる。

日本史なども散々もたついた後、このごろになって調子をつかんだ。このままのやり方を続ければ、着実に力がつくだろう。

しかし、この尊い若さを受験勉強に費やすのは、もうこの辺でいい。何より、体を鍛えねば。それに、枠をはめられた勉強は、自由な発想をしぼませてしまう。この二年間で、自由のありがたさがよく分かった。

動物も植物も諦めない

一週間ほど前から、手術前のあの鈍痛が、体の奥深くに蘇って来た。沈むような、重苦しい不快な痛さが続く。これを一つの試練とみなせば、僕は今、押され気味だ。

しかし、いかなる試練にも負けることができないのが、人間の定めだ。

否、動物、植物、すべての生物の定めだ。不平を言うことや諦めを知らぬ動物、植物は、たとえ死が迫っても、最後の最後まで頑張り続ける。それでもなお運命が死を宣告すれば、彼らは誰からも惜しまれることなしに、黙って死んで行く。人間も、結局そうあるべきなのかもしれない。

人恋しい

二月も残り少ない。今一番やりたいこと、それは今年の正月のように、気の合った仲間数人でこぢんまりとした所に集まって、時の経つのを忘れて話し込むことだ。

今日の午前中は、化学の勉強を胸躍る思いで楽しんだが、一日中朝から晩まで活字が相手じゃ、嫌になってしまう。

今、隣家の女の子が、庭に入ったボールを取りに来た。庭の方で人の気配がして、

「すみません。ボール取らせて下さい」

と、父親に言う声が聞こえた。その若い声を聞いた途端、無性に人恋しくなった。

「手のない私」

二月二十五日。ＴＢＳラジオの録音構成「手のない私」を聴いた。両手を失った少女の、

少しも無理のない明るい声。くったくのない、ちょっとぶっきら棒な歯切れのいい話しぶり。もちろん、今の苦しみも、将来の不安も大きい。それから目を逸らさずにいながら、強がりではない明るさがあった。

時々母さんの方がウェットになって、「あたしの手をやりたいねぇ」と言うと、〝よねちゃん〟は笑いながら、「そんな年寄りの手なんか、いるもんですか。私はこれでいいの！」と言ってやる。

この番組の構成はさっぱりしていて、女性アナウンサーの明るい解説や、軽いギターの音楽も好感が持てた。

ゴールへ

長年スランプに苦しんだことを思えば、今、勉強そのものにほとんど苦痛を感じないですむのは画期的だ。それでいて、何かと心が安らかではない。勉強の合間、合間に、いろいろな不満や、寂しさが湧いて来て困る。

生ぬるい春の気配を感じる。あと十日あまりで、ともかくも解放される。全身でその歓喜を味わうことになるだろう。

自由を得たら、「強く自分の内なるものを探り求める」ことに専念したい。

受験勉強も、あと十日間だ。自分の学力をここ一堂に揃え、体を整え、心を整え、黙ってやってみよう。

明後日から三日間、東大の二次試験だ。満足な準備のできた科目は一つもないが、学問を楽しむペースを保ちながら、途中でちょっと試験場に立ち寄ると考えよう。

初日の数学は、期待よりできが悪かった。しかし、致命傷は受けていない。ニッコリ笑って、落ち着いてやろう。

物理の力学の大きな問題は、粘って解けたと思う。

三月十日。試験は、終わった。これからは、自由を生かすも殺すも、自分次第だ。

宇宙の始めと終わり

時の流れに、始めや終わりがあるなんて考えられない。とすると、無限の過去にもやはり時は流れていたし、無限の未来にも時は流れ続けるのだろうか。

今では、一三七億年前にビッグ・バンによって宇宙が生まれ、その周辺部はほぼ光速（一秒間に三〇万キロメートル）で膨張しつつあるというのが定説になっている。つまり宇宙の中の時間の流れには始めがあったし、空間にも果てがあるというのだが、この話は我々の想像力の範囲を超えている。

合格発表

明日、東大の発表がある。夕暮れが迫る頃に貼り出される掲示板一つで、今後の進路が決まる。

体の奥の冷たい痛みや不快感は、まだ僕について来る。しかし、これから先は、いくらかのゆとりを持って、病に対処できるだろう。落ち着いて対策を考えよう。

三月二十一日。今から、東大の発表を見に行く。去年は、受かった場面を心に描いて見に行ったが、今年は、落ちた時の有り様ばかりが思い浮かぶ。受かる可能性の方が大きいと思うので、それだけに落ちた時は、口惜しいだろう。

発表を見るというのは、実にあっけないものだ。そして、次にこの部屋に帰って来た時は、この机の上のすべてのものを、受かった目か、落ちた目かで見なければならない。

病と闘いながら自分なりに力を尽くした、その結果を、今は静かに見てくる。

東京大学文科Ⅲ類の試験に合格し、我が受験生活に終止符が打たれぬ。

エピローグ　その後のこと

入学試験が近づくにつれて、あたかも文学を楽しむような気持ちで英語や国語に親しみ、数学、物理、化学もワクワクするような知的探検であることが少しだけ分かり、短期の集中的な取り組みで社会科の二科目も何とか恰好をつけて、裕志は東京大学への入学を許された。しかし、いざ通い始めてみると、その授業は裕志にとって死ぬほど退屈だった。

特に最初の二年間のマンモス教室における教養課程の授業は、一、二の例外を除いて、教師も学生もやる気を欠いた不毛な時間だった。当時の観念論だけの教養課程で用いられた広く浅くの概論書は、総じて全く面白くなかった。学問の魅力を伝えられないのみならず、その入り口で学問嫌いを作る結果になっていた。

裕志は考えた。「自分の専攻分野が決まり、それを深く学びながらなら、それを支える幅広い教養を身につけようとする動機が働くが、寄って立つべき拠点が定まらぬままにただ広く浅く学ぶことを強いられても、学ぶ楽しさを味わうことができない」と。

教師の側から見ても、単位をかき集める以外の動機が希薄な学生を前にして、授業のやりがいがなかったのだろう。

数少ない例外は、「放送文化論」「映像文化論」という授業で、裕志がコミュニケーションについて勉強し続ける契機を与えてくれた。

体調の方は、大学入学直後に長期の休みを取ってもう一度手術を受け、その後も再発の影におびえていたが、結果としては一進一退を繰り返しながら、ゆっくりと回復に向かうことになる。やがて仲間と能登、四国を旅したり、一人で三宅島、北海道を旅したりもできるようになった。

その北海道への一人旅が、写真に自己表現の道を求めるきっかけになり、夜、写真の学校に通い始めた。大学では、美術サークルに属して、六大学美術展などに出品した。英会話学校にも通い、そこで新たな友人を何人か得た。

大学への入学は、自分の世界を模索する新たな彷徨《ほうこう》の始まりだった。高校時代は、大学入学という目標がともかくもあったが、大学に入ると、その先何を目指すのか、方向さえも見えなくなってしまった。

しかし、四年後にビジネスの世界に入ると、高校、大学時代の模索の中で曲りなりにも身につけていたものが、花開く機会が来たことを裕志は実感した。

ビジネスとは、商品やサービスを通じて「新しい価値」を提供するゲームだが、その本質は、「信頼と共感」の獲得にある。消費者、社員、取引先、地域社会、株主などの信頼と共感を得られた企業が生き残り、繁栄する。

そのために社員は、知識、技術、分析力、判断力、創造力、感性、センス、表現力、体力、気力、行動力、人柄、人格、対人関係能力、リーダーシップ、説得力など、あらゆるものを総動員して、日々問題の発見と解決に当たる。

そこには必ずひとりひとりの個性も出る。いろいろな人間模様が描き出される。深刻な挫折にも直面する。まさに「全人的」なゲームなのだ。だからこそ面白いし、ビジネスによって人は成長する。

最初は「実社会を知りたい」というような気持ちから、取りあえずビジネスの世界に身を置いたつもりだった裕志だが、気がついてみると、無我夢中で六十歳まで走り抜けていた。

実際に携わったのは、宣伝企画、開発企画、経営企画というような企画分野の仕事と、海外に会社を作り、工場を建て、生産販売活動を行う仕事だった。

国際ビジネスの世界では、通算二十五年間働き、三ヵ国で計十年の海外生活を送った。最後は、日本にある米国系企業の経営にあたった。

どこにいても、仕事のための勉強には没頭できた。

会社に入ってすぐ、宣伝課で五年半を過ごした時には、自分の信ずる宣伝理論を先輩たちに説くことに夢中になった。そのために「イメージ宣伝」に関する論文をまとめたが、その理論的裏づけ、データ的裏づけを固めるために、『幻影の時代』(原題"The Image" D. J. ブーアスティン)や、『マス・コミュニケーション心理学』(ゲルハルト・マレッケ)のような分厚い本を、熟読玩味した。本の中には、たくさんの書き込みが残っている。それは勉強そのものだったが、そうは考えずにひたすら熱中した。

会社に入って三年ほど経った時、英会話の勉強が趣味になった。約二年間、ほとんど毎日勉強を欠かさなかった。それはまさに楽しみでしかなかった。そして入社後五年半経った時、海外に赴任した。

国際ビジネスに携わった時には、石油化学や、経理などの勉強にも打ち込んだ。高校、大学であれほど勉強嫌いだった裕志が、なぜそれほど勉強好きになったのか。それは、勉強が楽しいものであることを実感したからに他ならない。

それを知らずに苦しみ通した高校、大学時代は、いかにも無駄なことをしたものである。

韓国で一年半仕事をしていた時には、言葉を学ぶために韓国の歌を三十曲空で覚え、イタリア時代はアルプスに近かった地の利を生かして、山岳写真に没頭した。タイ時代は、外国人が来たことがないという辺境の村にあるメイドの実家を訪ねた。退職間際には、ヒマラヤの撮影にも挑んだ。

ビジネスに励む一方で、裕志はこうしてどこにいても人生をエンジョイして来た。六十代半ばを迎えた今も、毎朝明るくなるのを楽しみに、多忙な日々を過ごしている。

おわりに

人間の生き方にはさまざまありますが、結局その人の「価値観」がすべてだと思います。

つまり、

「自分は、このような価値観を大切にして生きる」

という確たるものを見出し、それに忠実に生きることができれば、それが一番幸せなのです。それに比べれば、社会的な成功、つまり富とか権力とか名声とか、ましてや学歴などは、取るに足らないものです。

自分の価値観を持たず、あるいはどこかに置き忘れて来て、

「ここでどう振る舞えば得か損か、ここで何を言えば得か損か」

と考え、保身に汲々《きゅうきゅう》として送る人生は、虚しいものだと思います。

それによってたとえ社会的な成功を得たとしても、胸に手を当ててみれば、幸せな人生だったとは思えないでしょう。

絵に描いたような優等生も、しばしばひ弱です。与えられた規範にひたすら忠実に勉強に励み、超難関の入学試験や、公務員試験、司法試験、入社試験などに受かった人が、長ずるにつれて迷走することがあります。

自分の価値観が確立していないと、考えられないような判断ミスをしたり、点を稼ごうとするあまり法に背いたりしてしまうのです。若き日の弓倉裕志は少なくとも二ヵ所でこのことに触れています。（一九一頁「自分に合う生き方」、二三二頁「良くできる子」）

誰にとっても青春は、決して恰好のいいものではありません。果てしないかに見える混迷の中であがいてこそ、真の考える力が付くのだと思います。

自分自身の価値観を確立するためには、青春の蹉跌《さてつ》や、試行錯誤、深い悩みが、実はとても貴重なのです。

少なくとも裕志が学んだ昭和三十年代の日比谷高校は、徹底して生徒本人に考えさせ、悩ませ、試行錯誤させる学校でした。課外活動を奨励し、思い切り青春させた学校でもありました。

中には桁外れの秀才もいましたが、裕志の周辺を見る限りでは、ほとんどの生徒が中学時代までの優等生意識を粉々にされていました。その後で一人ずつが何とか自分の道を見出し、這い上がって来ていました。

それは与えられた規範に忠実であった小・中学生時代から、自分自身の価値観で判断し行動する大人への成長を遂げる一つのプロセスであったのだと思います。十代後半にそのような時期を過ごしたことには、大きな意味があったと裕志は考えています。

しかし、そのように考えるようになったのは、社会に出て大分経ってからでした。青春の混迷の最中《さなか》にあった時には、ただ悩ましいばかりで、そのことにどんな意味があるのか定かではありませんでした。

ですから今の十代の人に、

「混迷を恐れる必要はない。先の見えない混迷こそが、貴重な経験なのだ」

「劣等生は、悪くない。人生のいいレッスンを受けていると思えばいい」

「しかし、勉強は本当はとても面白い、ワクワクするような遊びの一つなのだ」

と裕志は言いたいのです。

著者

著者について

阿部 紘久（あべ・ひろひさ）
一九四三年東京生まれ。東京大学卒業後、帝人㈱で企画畑、国際畑を歩む。その後外資系企業の社長に転じる。現在は、文筆活動のかたわら、社会人と学生に文章指導をしている。
著書に『異文化体験記　底抜けに親切な人びと』（文藝春秋企画出版部）、『明快な文章』（くろしお出版）、『文章力の基本』（日本実業出版社）、『文章力の基本100題』（光文社）など。

遅刻坂《ちこくざか》にも春《はる》が来《く》る　10代《だい》の人生論《じんせいろん》

二〇一一年五月一五日初版

著者　阿部紘久

発行者　株式会社晶文社
東京都千代田区神田神保町一―一一
電話（〇三）三五一八―四九四〇（代表）・四九四二（編集）
URL http://www.shobunsha.co.jp

ダイトー印刷・三高堂製本

ISBN978-4-7949-6759-6　Printed in Japan